Evelyn Conlon
TELLING

倾 诉

[爱尔兰]伊芙琳·康伦 著　张琼 译

著作权合同登记号　图字01-2017-9264

Evelyn Conlon
TELLING © Evelyn Conlon, 2000
Simplified Chinese edition copyright © 2018 Shanghai Readers' Culture Co., Ltd.
All rights reserved.

图书在版编目(CIP)数据

倾诉/(爱尔兰)伊芙琳·康伦著;张琼译.—北京:人民文学出版社,2018
(短经典)
ISBN 978-7-02-013939-2

Ⅰ.①倾… Ⅱ.①伊… ②张… Ⅲ.①短篇小说-小说集-爱尔兰-现代 Ⅳ.①I562.45

中国版本图书馆CIP数据核字(2018)第042732号

总　策　划　黄育海
责任编辑　朱卫净　杜玉花
特约策划　任　战
装帧设计　张志全

出版发行　人民文学出版社
社　　址　北京市朝内大街166号
邮政编码　100705
网　　址　http://www.rw-cn.com
印　　制　山东临沂新华印刷物流集团有限责任公司
经　　销　全国新华书店等
字　　数　143千字
开　　本　889毫米×1194毫米　1/32
印　　张　6.875
插　　页　2
版　　次　2018年5月北京第1版
印　　次　2018年5月第1次印刷
书　　号　978-7-02-013939-2
定　　价　39.00元

如有印装质量问题,请与本社图书销售中心调换。电话:010-65233595

SHORT CLASSICS
短经典

目 录

001		倾　诉
006		孪生之声
014		夜不归宿
030		公　园
044		真彩深红还有，苏珊……
056		漫长的跌落
064		有点儿偏僻
079		旅　行
091		照迈克尔的意思
099		复活格特鲁德
108		两段好时光
114		车里看车外
126		还有，苏珊
132		比阿特丽斯
147		出生证明
174		轻　罪
188		去公园的日子
197		最后的告解
207		逃离凯尔特虎、世界音乐及千禧年

倾　诉

一位非常优秀的爱尔兰作家给一群初涉文坛的作家开了个写作研习讲座，都是女作家。他是这行的翘楚之一。翘楚共有十二位。M心想，幸运的是，十二位中有四位是女性；而不幸的是（因为当时她认为决定事态的仅仅是运气，毫无计谋可言），没人知道十二位中有四位是女性。她为自己能与这位作家共处一室而高兴，并非因为觉得自己真能从他那里学到点儿什么。倒不是说此人没啥可传授的，而是因为她并不想从他的所知中有所收获。她在写作上算是半路出家，目的是想从更高处看到更好的风景。不过她还是很开心，因为他真的在对她们发言，尽管关系遥远，并不针对她个人，而且他的谦卑令她大为惊讶。

除了M，房间里还有其他八个人。其中一人希望创作长篇小说，三个是写短篇的，她们早已倾心于这种苦涩而又亲密的文体形式，还有两位准诗人、一位诗人，另有一位希望当剧作家（她没戏的，如果剧作家最根本的素质是能把戏搬上舞台的话）。应该还有其他人，不过M记不得了。其中一位短篇小说爱好者是个女同，她诚恳、开朗，见过常人未曾听闻的事情，每周四晚上都举办女性迪斯科舞会。那位大作家问了她很多问题，她来者不拒，仿佛明白对方想知道些什么。他倒没有对M有太多评价，因为她喜欢坐在不被人关注的角落里。诗人们请他删减诗作,他根本没空注意别人,而谁又能知道那个要写长篇小说的是否真想以此维生,谁知道她除了一连串名目或品牌之外是否真能写出一本大部头书来。午饭过后艳阳高照,这种阳光明媚居然能发生在爱尔兰实在是太突兀了。因为大家都早已在自我彰显和相互表现的努力中疲惫不堪,此时倦意袭来,还有几个人感到大腿发痒。于是大作家讲了个故事,并告诉大家该如何把故事写下来。

在爱尔兰西部,一男一女结婚了。他们有了两个孩子。男人很少回家,因为夏天他和游客们在一起,带他们观光,要尽心尽职。游客们觉得他棒极了,假期结束后,哪怕过了个把月,就算回到英格兰中部或是在德国的高速公路上,大家也会不由得想起他来。到了冬天,他就在自己贫瘠的小农场里干点活儿,但大部分时间他会在酒吧里,那里可比在家里要开心。酒吧里很幽暗,不过其他地方也到处很幽暗。关门时的灯光和吉尼斯啤酒让他感到郁闷,当然了,回家更让他苦恼。每天夜里他关上门后,里面究竟发生了什么,没人知道,因为尽管周围的公路上都有标识亮着,告知人们这里是邻里监督区①,但这并不意味着邻居们真的会相互监测。如果有陌生人在此殴打女人,那无疑是严重事件,不过居民在自己家里的行为则是个人私事。于是就有不幸的事情发生了。

当孩子们到了不再绕膝玩耍、不再需要人时刻关照安全的年龄时,女人开始在邮局里打零工。她很喜欢那里的工作,和不同

---

① 邻里监督区(Neighbourhood Watch area),指的是该区居民有监督交通及邻里安全的义务。

的人打交道让她兴奋开心，使她想起了自己曾经有过的愿望。它们并非什么古怪想法，都是关于与相配的男人过平静安适的生活，而这个男人会不时地逗她笑，爱她，但又不必唠唠叨叨地总提起这事。邮局是最理想的地方，因为她能在小本子上看到稳定的存款，看到几镑钱轻松地转过来，数字一点点上升真令人开心。从第一周起，她就把一部分工资存在账户里，最好是从第一周开始，这样买点儿好东西时余额就不会一下子少到让人怀疑。她都能给偷银行的当顾问了。孩子们靠着一条无形却依然在发挥作用的脐带的喂养渐渐长大，同样地，她的存款也在慢慢增长。经过两个旅游旺季的夏日，还有三个难熬的冬天，钱的数额变得可观起来。虽然并不多，但能支付破旧公寓的租金，房间里足够放下三张不算宽敞的单人床，一张是她的，两个孩子过来时也能各有一张床。是的，孩子们会来看她，因为她没能力把他们都带走。还不行。

到了春天，她离开了家，也离开了孩子们。暂时是这样，直到她有能力让孩子们一同搬去某处居住，而那里与他们的平房相比不要过于寒碜。她的名字叫霍普①。她离开了，也撇下了孩子们，因为家中不亮灯的走廊里发生的事情实在太不幸。家里的灯始终是坏的，无论她怎么反复修复，可不是灯泡不见，就是开关莫名其妙坏掉，或是插头碎了。

过了几个月，丈夫允许她下午回到平房里。这样孩子们放学回家时她就能在家。也许无事可干时她还会为他沏点儿茶。她为

---

① 英文原文是 Hope，意为"希望"。

每晚都能见到孩子们而欢欣不已，甚至为此好好打扮梳洗。当然了，她每天早上也能见到孩子们，她出现在学校外面，给他们带些午餐的加餐食品。这很方便，因为学校离公寓到邮局的主路只有一英里。她的存款本来很快就会减少，不过她竭力省吃俭用。可钱还是不够，法律又不在她那一边。

当一位冷漠拘谨的姨妈留给她一笔遗产时，她的第一反应是惊讶。姨妈完全了解外甥女的境遇，在临终前的最后一周改变了遗嘱。谁会想到一个缄默内向的人内心会有如此狂澜？惊讶过后，她有了更为合理的反应。一阵胜利的狂潮席卷而来，她满脸通红，体内暖意融融，像永生的火焰在心里点亮。女人开始小心翼翼、隐秘地实施自己的计划。她把安排告诉了孩子们，声音压抑不住兴奋和喜悦。可不能让她丈夫知道这事。

但是镇子很小，她走了大运的消息不胫而走。她没料到丈夫已经察觉了此事。那天是周四，本来是她逃离前的最后一周。当时她正在平房里烤面包，背对着门，一边解答孩子们的作业问题，什么加法、减法、战争等，这时丈夫走了进来。他命令孩子们出去，由于小孩常常不知就里，也就照做了。她把葡萄干放进黑面包里，一边转身望着他，一只手还在放配料。

"你要是再走出这扇门，"他说，"我就杀了你。"

女人明白他这话的意思。他可没料到会有忤逆，因此当她走到门边时，他以为她只是在屋里换个位置。可是她夺门而出，用尽力气飞奔。他拿起枪——这枪他常用来和游客一起射击，然后瞄准目标，一枪射穿了她的后脑勺。等人们赶来时，她手里还抓着面包和葡萄干呢。

大作家咽了口唾液。"这是真实的故事,"他说,"你们可以用它,我不想要了。你们的故事就在面包和葡萄干里。"

M和其他人瞪着他,都觉得嗓子眼里哽咽得难受。愤懑浓重得令人难以自已,不知所措。

"就讲到这里。"他轻快地说着,一边走出房间,早已不在乎所有人的目光。

这个故事当然不在葡萄干里,它就是他对着一屋子女人讲述出来,并觉得存在于此的一个故事。或者说,不仅仅是故事。令人惊讶的是,听众中有些人,也许是那几位诗人吧,居然没哭,或者,其中一人,也许是那位长篇小说作者,居然没有用画笔去攻击他,而那支画笔是未来的剧作家备着用来做道具的,正好放在手边。但症结不在那个故事,而是大作家对那群初涉文坛的作家说的话。但不对,好像都不是,也许是在于你的想法,即关于她们对他的想法究竟是怎么看的。

孪生之声

我俩小的时候,我知道在我和哥哥之间人们更喜欢我。我很安静,人们都喜欢安静的小孩,我就学会了扮乖。我早明白应该举止有礼,并努力时时处处要做到。

"你想吃什么,达米安?"

"面包和果酱,谢谢。"桌上有什么,我就答什么。

"那达拉呢,你要来点儿不同的东西吗?"

有时候达拉会强迫自己说:"一样,一样的就行。"可是我知道他心里怄死了。他就是想和别人不一样。

"是吗?"他们会问他,就是不让他得歇,想让他与众不同。

我很为哥哥难过,但没办法,别人就是更喜欢我,事实上是更爱我。我俩是双胞胎,孪生兄弟,一模一样的。不过只是相貌长得一样。到了九岁,大人们从言行举止就能把我们区分开,因为我们的仪表礼貌完全不同。我的声音与乖巧孝顺相得益彰,相反的是,达拉说话时的口气就显得粗糙强硬。

在操场上,当男孩子们弄错了对象要来打我时,达拉总是会跑过来,于是大家便四散而去,要么是让我俩阴谋诡计得逞,要么突然返回,好像忘了什么重要的事情似的,盯着他,带着异样的恶意,因为他们最讨厌把我俩搞混。达拉真的很会打架。如果只剩下我俩，他会和我待上一会儿，而后再溜去踢足球，他对足球可上心了。没等他开溜我就会催他走，不过这得是我的脑子足够灵光时才有的。如果是我反过来这么救了他，我肯定会说，你没事吧？不过达拉从不言语。

小时候的事情多得不计其数，我都记得。不过这些事对于我好像并不那么重要。我都能记起来核实一番，就像你查找文件一样。没错，就是达拉，当天的各种细节也都吻合。我知道自己的童年仅仅是一间等候室。自打我像乖孩子一般坐进去，拿着粉笔写字，学着怎么得体地接受表扬时，我就明白有什么在等待着自己。

我们以同样的速度成长，甚至连长牙齿都同样进度。母亲尽心尽职，她让我们穿相像的衣服，但也并不完全一样。我觉得她在布店里买东西会有折扣，因为什么都买成双的，不过她会在新衣服上加点儿小花样，以此区别我俩，例如换个纽扣，衬衫上多缝个口袋，诸如此类。不过没啥用，人们依然把我们搞混，除了她本人和我，没人看得出她的用心。而且，衣服买来后的改动，几天后我也忘了。

我在学校的功课比哥哥要好，尽管老师们也弄不清我俩的差别。他们得让我们坐在教室两头，这么做不奏效的时候，就让我们彼此挨着坐，这样他们就可以一直盯着我俩。我知道他们在想什么，一定是沉浸于某个公式中，想着如何进行区分。我的好成绩与我的言行举止很相配。即便我想调皮，也很难真敢不努力。相反，达拉则发展其他技巧，如抄袭、糊弄人、撒谎等。后来，因为这些伎俩，女孩们和他交往几个月后就会离开他，因为她们发现他本人与预想的不同。我倒不会让她们感到意外。在学校我乖巧规矩,当然,不适合我的事情我是不喜欢做的,我又不是真傻,不过我最终还是会做的。达拉绝不做。我还真羡慕他。他会深谋远虑。他问我为了拿毕业证书选了哪些课程。"好吧,我选三门和你一样的,另外三门不同的,你替我去参加那不同的三门课的考试。"

他连日程表都排好了,那三门课的考试时间不和我的冲突。我从来就没争辩过,这么做也值,省得被踢挨揍。再说也没啥风险,除非他们当天验指纹,否则没人会看出我俩的不同。现在我们那些几乎对称呈点状分布的粉刺也没了。到了学校放假,我们就试着蓄胡子,不过得有一样的红色弯曲的线条。连达拉都觉得这简直荒诞。

达拉在拿毕业证书一事上比预料的要出色。上大学后我们没有选一样的科目,于是有了更多获取毕业证书的战略。为此我也明白了一些门道。我明白了人不可貌相。姑娘和他结交几个月后还是会离开他。不过他也开始学习,不是从书本中学,也不深入,他太忙,没时间这么做,但是表面文章他还是搞得定的。

我们在假期里打工。我在报社干活,达拉送邮件。我觉得是时候自行发展,分道扬镳了。我投身于严肃认真的新闻事业,关注几千英里之外的各种决定如何影响本地文化,以及我们生活的传统模式、不同文化的相似之处等。达拉则与他邮递的信件上的琐碎信息密切相关起来,那些人们以为是新闻的事情,诸如账单、姨妈去世、宝宝出生、绝交信、足球赛况等。我们之间的关联断了。我怎么可能,尤其是当我面对严肃认真的前景,怎么可能在乎那些生活中的平淡小事？它们总是以令人作呕的形式日复一日、年复一年地不断重复着。不，我可不愿沦陷在这些令人窒息的琐碎中。

对于达拉，我变得越发焦虑，因为如果不这样的话，真相会倾轧过来淹没我。最后一年里，终于发生了一件事，正是这件事救了我们。我俩扮演了《费城，我来了！》里加尔的角色，观众蜂拥而至，因为我们长得像，从而使这部戏有了新的魅力。看着我们，大家明白了何为分裂人格；看到我翻起嘴唇，我俩一起翻起嘴唇，他们意识到秘密的邪恶。我们的表演众口皆碑。导演们要是没法把我们的形象从脑海里抹去，几年里简直没法再上演这部戏。有天夜里，作家悄悄溜进来看，离开的时候显然目瞪口呆，没法相信这居然是他自己的作品。每晚演出结束时，连我们各自的朋友都会在酒吧里混在一起，这对我这边的朋友而言更是不容易。

我们及时分开。我学会调整好呼吸，可别气喘吁吁的。我原以为分开可以、也应该对达拉同样有好处，可是他却不好好珍惜，甚至在浮躁的生活中越陷越深。他试图和我保持联系，但当我在环游真实和思想的世界时，我对他真的没啥兴趣。在电话中，我依然格外有礼貌，听他讲话时总是同时整理自己的书桌，任他喋喋不休。那时我已经是个战地记者，想起当年校园岁月，这当然很突兀反讽。当他为那些个小玩意兴奋不已时，我正为撤军激动。他会流露兴奋情绪，我可内敛得多。

在近东地区的半年里，我压根没有和达拉通过话。我寄了张明信片，解释说这里没法通讯，连邮政都很难。我并不盼他回复，因为我们写的信几乎一样。我不需要催信，也不想收到那些仿佛自己写给自己的信封。我喜欢没人给我打电话，没人打扰我，没有人和我说起什么长得很像之类的话。我开始树立自我形象。我开朗了一些，这对要清点伤亡人数的我而言确实不容易。当圣诞节探亲假临近时，我已经塑造了一个完整的自我。

在嘈杂拥挤的归乡人潮中，我抵达了都柏林机场。我和周围人一样开心，尽管战地工作让我多了些谨慎，与那个我有意塑造的形象略有出入。我约了达拉在酒吧一起喝酒。我喜欢这种节日的热闹氛围，觉得也许这是我们成年后的一个全新的、合宜的阶段。可是他执意第二天晚上再碰面，尽管我有些勉强，但还是同意了。

那天晚上真是糟糕。当时来了一些老朋友，仍然很拥戴他。他不停地从一个话题聊到另一个，无所不谈，越是无知就说得越起劲。他没完没了地讲起往日，都是些我有意要忘却的事情。他和老伙计们对我流露的不适好像很开心，因为这证明他们已经把我拉下水了。我开始憎恶他的声音，担心自己说话也像他那样。这当然是不可能的。决不能再这样了，我在洗手间里对自己发誓，那也是我竭力挣扎着要保持点儿自我的唯一场所。假期漫漫无尽头，我都不知该怎么和他，还有所有人相处，包括那些玩意儿，那些故事。为了尽早解脱，我编造谎言，说战事又起，毫无被识破的担心或歉疚。我可不怕他们探究。我察觉到达拉的目光有些异样，可我立刻转开了眼神。等到达机场，我都不确定是否真喜欢自己了。不过登机手续让我恢复了信心。

此后五年，我们之间还是发展了一些正常的手足情谊。出门在外时我偶尔还会说起自己的孪生兄弟，自然是表达我自己的看法。对那些要质疑我观点的人，我是不会靠近的。我们有更严肃的问题要探讨。我的梦想往往很明确。和往常一样，我和女人交往也没什么障碍。我的生活进展得很顺利。时光如白驹过隙，各人都自有喜好。我遇到了一个特别的姑娘，是一位爱尔兰女子。其实我更偏好外国女人，可世事难料。她是一位救援人员，当时正在休假。她像所有从事救援工作的人一样，尽情享受着假期，显然，越是经历过恐惧，就越能纵情畅饮。我迷上了她。她的身材、举止、科克郡口音、蓬松的头发，全都十分迷人。她说她也爱上了我。可是在我们第四次约会时，她甩了我，说我太严肃了，没啥乐趣。我认为她更喜欢奔波在旅途中，而不是到达目的地。我把这话告诉了她，她说："你懂我的意思了吗？"

不知这女人对我做了什么，此后我和其他人相处起来就不同了。也许我变得优柔寡断，也许别人从我身上感到了恐惧和挫败，我也不知道，总之我一定有了变化。一定是运气变了，因为我还是同样的举止仪态，外表也没变。我越挫越败，每况愈下。尽管我愈发理智清醒，却还是倾听电台里的情歌，想由此获得点儿线索，但始终一无所获。也许找个人聊聊会有用，可是我能说些什么呢？我感到沮丧沉重，疲惫不堪。

这时来了一封信，没想到是达拉订婚的消息。我感到这消息出乎意料，是因为现在我和异性交往有障碍。他！他才是总被人抛弃的那一个。如今似乎情况不同了。我居然在这一点上和他进行比较！他们要举办订婚典礼，只是庆祝一下，并不太正式，不过是喝上几杯，仅此而已，如果我能到场，他们，他本人和梅丽德会很开心的。看来我非去不可了，不知为何，他已经把喝几杯这种随意的事情搞得很正式。我敢保证那女人一直对他念叨不停,弄得他现在把我完全当回事了。好吧,去就去吧,反正我决定去了。不到我露面,我可不透露半点儿消息。要让他们喜出望外,惊讶到周末计划完全乱了阵脚。

酒会前一夜我抵达都柏林。这事很有趣,不速之客再度返回祖国,就像从后门溜进屋。我入住宾馆,这又是一件在家乡的趣事。我非常渴望在前台表现得专横跋扈,因为听到熟悉的乡音,我感到轻松自在,知道哪怕自己粗鲁无礼,也不会辜负了祖国。达拉准会笑我。又是这家伙,达拉,达拉,达拉。

我走进了一家夜店,还真是转了运。在我看来,玛莉安是个不错的女人,没准还真的很可爱。我太过轻松自在,都没加任何防备。她轻轻松松地就跟我去了宾馆房间,这种事近来很正常,其实很长一段时间这都是司空见惯的。1960年代的宾馆经理从不会突然或一夜间就变得多管闲事。那一夜我们爽极了,之前的禁欲让我小心翼翼又充满兴致。她得走了,不过她答应我明天晚上再见面。我决定带她一起去那个非正式的正式场合,照常是不速而至并携带女伴。她稍有些犹豫,显然之前已经有约,但是接着她决定取消约会。看来我运气不坏。

次日夜晚,当玛莉安和我再见面时,我们都尽量抑制内心的喜悦。走到门口时,她说:"真滑稽。"当时我正暗暗为自己此次回来得意,一边还盘算着怎么显摆,无暇留意她语调里流露的犹豫。我领她进门,并趾高气扬地走在她身后两英寸距离。我用三秒钟时间环顾四周,达拉和他的未婚妻正好与我照面。眼前就是我的孪生兄弟,他的手臂泰然地搭在未婚妻裸露的肩膀上,那个女人和我的女伴样貌毫厘不差。一阵沉默,接着女人们爆发出一阵大笑。

我哥哥恢复常态,说道:"天哪,真令人惊讶,老弟。"

老弟!他哪里找到这么个荒谬的称呼?

有个傻子,此人显然没看到玛莉安,嚷嚷着:"太好了,能看到达米安和达拉在一起。"

达米安和达拉。我们的名字像是一口气从他嘴里滚了出来。我的脸顿时滚烫起来,热浪在脸颊上泛起,更年期女性的潮热也准是如此。我的脑袋在肩膀上轻轻点着,简直就像车子开动时不停点头的玩偶小狗。我口干舌燥,一只膝盖抽搐起来,我希望另一只也抖起来,这样还能保持平衡。女人们还在笑,达拉也笑起来。其他人也意识到是怎么回事了,大家哄笑着,咯咯地笑,朗声大笑。房间里顿时一片欢声笑语,阵阵声浪席卷而来。

当达拉向我走来时,我脑子里只有一个念头,即如何离开。很简单,只要抬起一条腿,迈出去就行。想逃走的欲望充满了我的全身。这不仅仅是因为尴尬,也因为我怕自己冲动之下真会杀人。不过达拉只离我两英尺距离,准确地说是一英尺六英寸,他伸出双臂抱住我,就像拼命冲上去一把抱住了橄榄球。没办法,我只好留下来了,整晚喝着啤酒,竭力维持孩提时勉强做出的礼貌姿态。这可能是我此生最糟糕的一晚。

这已经是两年前的事了。我当然没去参加婚礼。玛莉安做了伴娘。今夜,身处科索沃的我想起了他们,因为我刚刚收到一封信,信中说梅丽德在4月1日平安产下一对双胞胎儿子。又来了,总是这样。愿老天保佑那个与我最相像的人。

夜不归宿

我们终于找到了她。其实是我发现她的，可当我告诉大家她为何出走时，没人相信我。也不该指望别人相信我，说实在的，这种事情不会是夫妻间的日常话题，偶尔谈及都不太可能。不过我觉得，既然大家都不能否认她确实是我们当中的一员，那就应该宽容一些，破例将其行为纳入生活常态。然而，当失踪引发的最初震荡过去之后，人们觉得应该忘掉她，甚至就当她不存在，因为她的行为太不像话，简直令人深恶痛绝，肾上腺素飙升。哪怕等血压回归正常之后，大家依然觉得无法再接纳她，否则会有自打耳光之嫌。而且当时各自说了什么人人都记得，若是再放低道德准线难免会显得虚伪。对她，我始终能保持头脑清醒，但我怀疑有些人曾偶尔偷偷地对她有过好感。

当时大家正好碰面，这种事先不经安排的团聚很少发生。恰巧有人造访，便又有人忘记了上一次聚会盘旋已久的不快，决定试试再聚一夜。是安杰拉给我妻子打的电话，说是一切安排就绪，晚餐就在大家都喜欢的特洛卡德罗餐厅。对那些全新的、炫目的地方，那些常有名人露脸的场所，我们并不感兴趣。我们喜欢能分享昔日共同记忆的老餐馆，在那里谁都不必拘谨。若是换了我们中某些人消费不起的地方，有人也许会表现得过分熟稔，以此显摆。我们也喜欢充足的餐食，还有第一次品尝森布卡茴香酒的个人回忆，那种纯粹的感觉能让我们回到往昔，那时我们还未对生活做出妥协，未曾有欺骗、失信、背叛等行为。就得在特洛卡德罗。

大家都来了，一共八个人，四对；没人落单，虽然有两对是重组的。彼此见面都很高兴，这种高兴并不是我们想象出来的。大家的表情都差不多，兴致不错，决意当夜要抛开一切烦恼。一切顺利的话，在餐桌上交流完彼此的生活之后，就再多聚一会儿。事实上一切都还不错，晚餐快结束时，人人都挺满意的，这时我提到了诺拉。我是想让大伙儿都吃一惊，嗯，确实如此。大家都没想到会再次提起或听到她的消息，也不知道她是否还活着。我们都知道，她离开两年后还活着，可后来就没有确切消息了。是我开的头。

"哎，猜猜我遇到谁了？"

"谁啊？"有人立刻问道，其他人都还没反应过来。

"猜猜。"我又说，可这回没奏效，因为我们认识的人中谁都可能被我遇上。

"是诺拉，"我说，"诺拉，我在巴黎遇上了诺拉。"

"谁？"有人高声问，好像我碰到了鬼魂。

"诺拉吗？你是说诺拉·丁金。"某人的丈夫放低了声调说道。

"没错，就是诺拉·丁金。"

瞧，瞧，瞧，大家沉默了好久，每个人都在好奇和轻蔑中权衡，思忖着是否要让前者占一点儿上风。

"那她是怎么为自己开脱的?"莉莲问道,她尽量让每个字都足够尖刻,以免被人诟病就这么轻易原谅了她。

"呃,当然啦,她看到我也很吃惊。"

"那是自然的!"

我告诉大家,说她看上去不错,在干一份翻译工作。她对语言向来得心应手,这常常令我嫉妒不已——对那些外国词语她总是游刃有余,长袖善舞的。

"她就住在……"

"和谁一起?"莉莲问。

"和谁?"她丈夫也问。

"哦,闭嘴。"她说道,为自己恢复了妻子颐指气使的优势而感到轻松。

大家都有意拖延着,让诺拉的影子就这么徘徊不去,不知该怎么应对她。我便继续叙述。

我们这群人彼此间的第一次相遇并非总在同一个晚上,但肯定是在同一年里。我们总是习惯问对方:"你从哪里来?"

诺拉会回答:"不知道,不过我知道自己是怎么进来的,"她会停顿一两秒,然后说,"从浴室窗口爬进来的。"

她老是用这句话来回答,让人没法再继续问,不过这样的老调重弹还不至于让人受不了。我们一直没有忘记这句话,也没忘记这句话意味着什么。不过这也没什么关系,因为我们大多数人都在各处不停地忙着解决各种问题。十九岁也确实是做这种事的年纪,没准这么做能让母亲少些焦虑,也利用"距离产生美"而让父亲更易相处。当时我们都北上都柏林念书,每个人都会说

"北上",哪怕是北方人也如此;没人说"待在"或"回到"。我们大多接下来就成为都柏林人,至少在都柏林生育下一代,但当时有这念头还为时过早。每一群人里总得有个吉祥物,大伙儿称之为团队的生命和灵魂,当时诺拉就是这样的人物。当然了,如此角色常常会成为人们记忆的黑斑。"别总是抱怨陈词滥调,"她会这么说,"否则你们就收不到花了。"

我们常常跳舞,跳迪斯科,泡夜店。我们兴趣广泛。有时候大家很开心,有时候男生会聚在一起相互比试魅力。其中一人会指着某个姑娘说自己喜欢这种类型,还会问其他人怎么想,可他这么做会让自己紧张和迟疑。他会如此重复好几遍,不断地把原本就有疑虑的问题复杂化,同时让自己越发引人注目,最终他的某个朋友就会头一个请那个姑娘跳舞。如果那人此后还与她结了婚,大家就会忘记其实是某某先发现的她。难怪很多年后,当配错对的妻子和丈夫间发生了莫名的龃龉①,大家还会觉得震惊。其他夜晚,我们则会轻松惬意,无比自信地进进出出。不知怎的,我们最终都找到了各自的男女朋友,但那当然远在诺拉之后。诺拉早就陷入爱河,还有传闻说她不仅和男友睡觉,还和其他人乱搞。我们不相信,也不敢问她。也许是我们故意不想知道吧,因为事实上我们更愿意听到谣言,这会为我们这群人赢得与事实并不相符的名声。

差不多在同一年,大家纷纷结婚,我们像处女般悄悄行走在教堂走道上,装模作样得无以复加。诺拉也结婚了。有一些人

---

① 法语 frissons,原意为颤抖、战栗。

为她终于难以免俗感到惊讶，不过看到她和大家过上了同样的生活，大伙儿都很高兴。事实完全不是这样，她在巴黎的咖啡馆里这么告诉我。是我提议喝咖啡的，但当我们颇为拘谨地落座后，我忽然胆怯起来，后悔为什么没有提议喝酒。

"也许我们该喝点儿酒。"我说，可诺拉已经戒酒了。"真的吗？"我问。她以前可常常醉态可掬的。

"是的，"她说，"也不是绝对不喝，一个月里偶尔喝点儿，所以我也不是彻底戒酒。"

我们泛泛而谈，谈相貌变化，谈子女，提到孩子时她的神色僵硬严肃起来。

"我现在能见到他们，或者说，能允许让我看他们，汤姆不时会带他们过来。"

她察觉到我有些异样。沉默中，我们之间有一种凝重而不可言说的不快。我以为她会乐意看到我难堪。这是我在自我防御的心态下唯一能想到的。

"你都没有对大伙儿说。你把自己置身度外。"我轻声说。

"我应该用不着开口。假如一个人倒了霉，朋友们就得帮忙，责无旁贷，而不是反过来。"

"没错。"

我知道她是对的，可她声称我们的出力不济最终倒是很有用，因为她被逼无奈地离开了爱尔兰，天哪，这是多大的解脱。

我们竭力不偏不倚，不过也没有太坚持。她丈夫先来找的我们，还走进了我们的客厅，没等我们反应过来，就跟着我们绕进厨房，还给自己沏了茶，让自己恢复平静。这似乎也没什么不对，或者说让事情变得对大家来说都更容易。因为他俩听同一句话也会听出不同的意思。他们对于语言、标点、影射等的理解往往大相径庭。

诺拉·丁金才不是从浴室窗口爬进来的。她和我们一样地出生、成长——吃早饭、晚饭、茶点，上床睡觉，但她成长在非常孤独的环境中。她甚至怀疑挨打都会更轻松一些，但不对，她也是挨过打的，发现皮肤生疼时更难蜷缩成一团。

不过她和往常一样找到了自我慰藉的方式。一次舞会后，她搭一个男人的顺风车回家，她知道男人姓甚名谁，长什么样。他触摸她，摸她身上那些连她自己都没碰过的地方。他差不多是压着她的，就在他面包车的前座位置上，尽可能地压住她。他不会傻到让她坐在后座。她感到神思恍惚，魂不附体。她再也不哭了，不再想起那些童年时被人疏忽漠视的怅惘之痛。这就是自我麻痹的烂招，不是吗？睡一觉就忘光也很管用。她会抚摸亲吻男人，以此冲刷脑海里的痛苦伤疤。还有什么比这更容易、更少伤害的？被动地反思孤独多可耻，看博物馆展品似的观察周围的人。既然她与人有了接触，她的日子，还有她的长相都会不一样。另一个人的身体居然真的能让人忘情，这真是奇迹。这样她自己的身体就不那么错位迷惘了。对亲吻和抚摸抱以如此的期待，这或许是她对人之境遇的一种误解，她在其中扮演什么角色并不重要。她终于有了点儿什么。我们遇到她时，这成了她的一种生活伪装，这种身体的技巧自行创造出一种可以被接受的虚假。我们真的了解太少了。假如她能从无数人身上获得慰藉，那倒也没事，反正谁又会知道呢？她真心以为都柏林是个大城市，哪怕并非如此,她都不会担心;她根本没有养成一种责任感。

都柏林一定是够大的,因为我们这么多人都不知道她的经历有多丰富。她的丈夫当然不知情了,这是她在巴黎告诉我的。不过从结婚那天起,她就放弃了过去的一切,还天真地以为走完红毯,过去的事情就烟消云散了。她以为自己不用偿还什么,因为她还以为自己的滥交就是福利。现在一切都扯平了,她会得到公平待遇,等有了孩子就该好好养育后代。她确实有了孩子。

她丈夫汤姆和我共事过几年,是个现实、新派的人,常常有些怪异的想法,让我们在一周刚开始就备感振奋,可到了周五下午四点之前就江郎才尽了。我常常觉得此人有些鬼鬼祟祟的,不过我妻子说我看错了,还说我总是看走眼。"当然啦,没那么糟糕。"她补充道,拼命卖弄风骚。她来自中部的一个大城镇,比乡村的人更早拥有了自信心,哪怕现在生活在城市里,她也总是竭力要占点儿上风。"爱咋咋的,亲爱的。"

汤姆比我们其他人都晋升得早。要不就是他和上司在走廊里擦肩而过时彼此达成了某种心照不宣的共识,要不就是我们其他人都太迟钝,或者光忙着谈恋爱,只顾琢磨是否真有爱情这种事,对成人世界思绪纷纷。晋升之后他常常出差,因此出轨一次后,他自然不会有下不为例的悔恨心情。婚外情让他兴奋不已,甚至信心倍增。他继续晋升。他觉得这一切全靠自己,便更加踌躇满志。要不是接下来发生的事情,别人很快就会开始嫉恨他了。

一天夜里,他的床伴支支吾吾地发话了。

"你经常干这事儿?"

"没有,"汤姆撒谎道,"你呢?"

"很少,也不熟练。"那女人无耻地说着套话。

"哦,你干得不错。"汤姆果然上当了。

"比不上诺拉·丁金。"

"你什么意思,比不上诺拉·丁金,谁是诺拉·丁金?"

"哦,只是我当年学校的女同学。她可厉害了,不光让男人只是亲吻,所以,如果有人问起前一天晚上在舞会上表现如何,大伙儿就常说'比不上诺拉·丁金'。"

"那个学校在哪里?"

"奥法利郡的。"

"奥法利,奥法利的哪里?"

"比尔,奥法利的比尔。"

"真的啊,老天,果然。"

"真的,确实如此。"

"那诺拉·丁金现在在哪里,你知道吗?"

"哦,她在都柏林嫁人了,一般都这样。"

汤姆再也没有做爱的兴致了。他急着要回家。

也许这问题太意外了,让诺拉猝不及防;也许是那些年他们相濡以沫,她从未有过二心。谁能料到这早就逝去、早已遗忘的往事会盛气凌人地横插过来?

"有过多少个?"汤姆咆哮着。

"我不知道,我真的不知道。"

"那就数数看。"

"十个吧,我想……"

这个"我想"吓住了他。她是在试探吗？难道她觉得十个不算什么？

"十个！就十个！有些还是处男！"

于是他想起自己曾经读到过，当医生问病人喝了多少酒时，会把病人答复的数字乘上几倍，由此得出接近事实的答案。男性乘以三，女性则乘以十，这还仅仅是饮酒。

"你简直就是个荡妇。"

他被自己的声音吓住了。

汤姆把这件事情告诉了大伙儿，我们都很同情他。我们自己都忘了她有过如此名声，因为诺拉早已成了贤妻良母，有时朋友生病了，她还能临时代班当法语老师。我们这才兴致勃勃地想起往事，因为现在日子安定富足，我们的生活其实真需要来点儿八卦。

汤姆和诺拉也做出了努力，他们还一起外出度周末。

"可我们再也没法好好相处了。"她沉痛而坦率地说。

"我们可以的。"他强调道，但并不诚实。

汤姆出差的次数越来越多。诺拉挣扎蜷缩了差不多一年时间，然后某天夜里去了当地的酒吧，开始挑逗男人。当然，那个男人被老婆伤了心，正闹分居，住在母亲那里。诺拉也不能把他带回自己家，不过他们自有办法。那个男人说他在服务行业工作。他开一辆以卡罗名字登记的车子，爱好是玩绳降。他对她甜言蜜语，这很有效果。诺拉告诉我，说这事让她左右为难。她难道可以有所指望吗？她难道真的能够有所指望？难道一个保安在冲动之下为了勾引她而在她耳畔情话绵绵就能让她感到满足了？这些话甚至很难再回想起来，难道在她有需要的时候就能招之即来，像服用处方药剂一样吞下去，让它们起到振作身心的功效？她明白自己会忘掉那些性高潮，因为把它们一一排列起来也占不了太多时间，难道那些话反倒就管用了？

我不太习惯这样的谈话。

"你们的婚姻怎么办？"我问，仿佛婚姻就是一张纸，可以商定、核实并遵守。

"哦，已经结束了。"她说道，声音很低沉，是毅然决然、毋庸置疑的。"你知道，他就是没法释怀我的过往，总想修正，可这是徒劳的。我们都太有节制，太有礼貌，真的太不像自己了。当彼此递茶并说'谢谢'时，婚姻就大势已去了。还能再说啥！你必须明白，反之亦然，相爱也是同样的。不，一切都结束了，已然大江东去。这话没吓着你吧？"

于是我们轻松地聊起了其他琐事。我在特洛卡德罗没提到下面这件。

于是她第二次去见那个保安，尽管明白自己并不想去，明白这样做没好处，可就是渴望听到他的绵绵情话。几天后，她又去了两人第二次缠绵的地方。她走到室外，想沿着平日里常走的海边路线散步，却调转方向去了南港，经过了那些沉闷的起重机，并穿过玻璃通道。游客还在那里，在两辆旅游面包车中。女人们干啥事都喜欢把做事的地方弄得条理分明，后面掏出的那条沟就是用来搭隔离架。

她觉得一切都是咎由自取。她穿着格子套装，走过那里，他曾在那地方把她压到墙上，吻她，把手探进她的胸罩，而她当时从男人的肩头隐约看见码头另一端有个女人坐在车里。她心里想的是，我没干这事，我当然没干。

"那边车里有个女人。"

"哪里？"

他转头看。他们继续往前走，走到了一处貌似僻静的地方。她不想继续下去，不想再有任何感受了，可是那天她纯粹成了客体，难道她是主体吗？最可怕的是什么呢？没有人能看出这个穿套装的女人当日要干这事。他帮她翻过墙，一只手伸出来，像个1960年代前的绅士，他确实如此。他还说了一句很吓人的话，好像是"让我们开始探索"，或是比这更糟糕的表述。

他们在残垣后面漫步，由此开始了一段荒谬的探索。尽管她内心一片麻木，但人的身体能进入自动导航模式，在某个特定的人身上获取她认为自己能感受到的一切，这简直太神奇了，是最美妙的时刻。事情进行起来笨拙难堪，她没想要脱掉裤子的，甚至不想拉得太低，这太暴露了，真糟糕。可是她达到了高潮。真可怕，她想。她看到了自己的戒指，黄金的色泽比银质的暖，她这个年纪的女人一般金银戒指各有一个，可是她没法戴那个银的，因为不能把婚戒给脱了。

她还能找到那个具体方位吗？是在这里吗？她干吗要找呢？就是此处，就是这个地方。她曾经在此进行过空无的朝圣。有个男人的身影正走出她的视线。难道是他，他也在找这个地方？难道所有在码头漫步的人都是在相互隐瞒，一边瞥着荒屋墙后的残草或是沙地上的点点遗迹？

在往回走的途中，她想，老天，我们当时与那个车里的女人距离很近。码头停着那艘新爱尔兰轮渡船,我觉得,在这里看到船只是很自然的,就像在罗马看到天主教徒,诺拉这么想着。那一天,在回家路上,她很高兴自己开着车,可以边抽烟边琢磨那件事,她有好多事情要干。他急着赶路,因为要送孩子们去看比赛,去看绿衣队的球员们在赢球的兴奋高潮时蹦蹦跳跳。"他们这会儿应该从家里出来了。"他这么说道。忧伤的情绪弥漫在性爱之后的倦怠中,简直让她招架不住,连脚踩加速踏板都觉得困难。

在特洛卡德罗,我把所有事都压缩成了寥寥几句话。

还有第三次幽会。诺拉当时下定决心不再见他了,可是,因为她的年纪,因为觉得没必要忍受当众被羞辱,她过于为人着想,结果最后一次又出现了。她当天在纳凡刚教完法语课,一路上开车飞快,在一段段笔直的白色分道线末端不断超车,赶过了差不多八十辆车。她决定要准时到达,可不幸的是她是在卡文的路上,得找个地点穿过那里,到达菲斯波罗。她该走斯莱恩吗?不,走阿什伯恩吧。她本该走拉脱阿的,却错过了转弯路口。当时出现了双行道,她走都柏林到纳凡的路就能到达。她向来准时,提前五分钟到达圣彼得教堂让她十分开心。接着再左转,穿过康诺大街,把车子停在厄尔斯特街的安静地带,就在敏斯特街和林斯特街之间。

令她惊讶的是,洗衣袋里有一只胸罩。她拿出来,把它用作洗脸巾,又很快地理了理头发,喷了点儿香水,而后将袋子放在汽车后备厢里。不会有人偷的,开车时怎么会被偷呢?就这样,她神色镇定漠然,一切就绪。她走进了旁边的酒吧,要去化个妆。酒吧里的客人和她完全不是一路人，大家都转身看着她。大伙儿都好像魂不守舍，也不管自己好奇的样子是否被人发现。天哪，他们可忘不了她，就像接受凶杀案调查时的围观者一样。"5点25分她在菲斯波罗的麦迪甘酒吧出现，接着她朝隔壁的棚屋酒吧走去，在那里遇到一个男人。"她偷偷出来，整整自己的衣服，火鸡收起翅膀一般地拢一拢肩胛骨，接着就走进去了。他就在那里，没她想的那么糟糕。她看着他。

"白葡萄汽酒。"她说。

"什么？什么来着？"他问。

"好吧，来杯白葡萄酒。"

"我们坐那边吧。"

"你好吗？"她问。你前妻怎样了，母亲、孩子们呢——她会很快地问一下情况。对这些事她可没兴趣。当然，他什么都没问。

"你知道不必如此的，我预订过两家旅馆，后来又取消了。我担心电话铃响。我想今天就这样吧。"她说。

倒是轻松。

他花了点儿时间对她赞扬一番，而她则心不在焉地想着是否有人在码头看到他俩光身子了。他当时正在上夜班，不过已经花钱请人代班到10点半。她不想改变主意，不是吗？这次她不是哪里都没预订吗？

要拒绝不难。

有两个年轻女子正在角落里专心聊天，摇头晃脑地消化一些不可思议的事情。闺蜜们往往一样的装扮，真滑稽。这两人穿类似的沙地靴,最近都管这鞋这么叫法;套衫系在腰部,这常常代表对臀部尺寸不太满意。在这一点上,这男人至少让诺拉觉得还行,她自己的身体没什么特别的,用身体来做什么才重要。

"你管这些窗户叫厚玻璃板,或是其他什么的?这酒吧很可爱,还有真的柜台。"他说。

"我刚来都柏林时,"她说,"在公交车站遇到个男人,和他约好见面,就在这里。不过我很害怕,没告诉姨妈,那时主要是姨妈照顾我生活。公交车站可不是遇到男人的正经地方,所以我就和朋友玛丽娜去看《日瓦戈医生》了。他准时到达,而我却没有赴约,于是他找到了我的住址,对我姨妈说起了这事。"

"所以说你总是在怪异的地方认识男人。至少你现在露面了,就像你从来都守约一样。"他说着,要把她这些年来的循规蹈矩都一笔勾销似的。

她把自己杯子里的酒差不多喝光了,可他还要继续叫酒,也许他觉得再多喝一杯她的意志就会软下来,会有所改变,比这会儿他所预见的无聊要好很多,毕竟他10点半才去上班。

"我够了,谢谢。"她说,假装很遗憾的样子。

"嗯,我再来一杯吧。一杯姜汁啤酒,谢谢。你可以先走的。"他说。

等她站起身,他拉住她的手,说:"你的丈夫真是个幸运的男人。"

"别开玩笑了,"她说,"事实根本不是这样,你也明白的。"

"没错,可是,只要你在身边,我什么都愿意干。"

"再见。"诺拉说。

她觉得那男人的身体会感到不快,可她感觉不错。走到门口时她挥挥手,是那种手腕轻轻晃动以示友好的动作。一旦走到室外,她就有一种愉悦、轻快的放松感觉。

"我要把他们全摆脱掉。"她下定了决心。

事到如今,汤姆再也不会原谅她了,肯定不会。她会变老,脸上皱纹横生,肌肉越发松弛,他就会更讨厌她。她不要再当他道德感的诱因,她再也不要这样了。她想要变得纯洁,不要像诗歌中的女人一样再耽于肉欲。或者,她最多是想与一位能让她有兴趣的、一个能包容她过往历史的男人结合。她希望自己能安于小小的满足,而对方也能如此。她不再想赶时髦,不要再想起"性"这个词。如果做不到,她宁愿放弃。她就是这么想的,不如放弃。

余下的故事我们都知道了。分手,孩子抚养权的归属,诽谤,满腔的怨言,最后大伙儿渐渐忘却这件事。抚养权问题最后弄到法庭上。他威胁要抖搂丑事,把一长串名字暴露出来——都怪她最初昏了头,对汤姆坦白从宽似的什么都交了底,这一威胁足以让她在周二上午10点在走廊里就让了步。几周以来,她遇到了和她命运类似的一些女人,其中一个因为跟女人上了床而精神崩溃。共同的绝望,彼此的安慰,对将来的生活的想象,本身就是囚笼,订张车票出走似乎更可行。她要把最好的时光埋葬,开始说另一种语言。

我当然很想知道她此后的生活,不过这些年有太多事情发生了,这种问题会显得过于琐碎和单纯。问题即出,倏忽而去。她漫不经心地说起了一件事,说是大概有一年时间,每个早晨都是阴郁黑暗的，接着有了某个明朗的夜晚，早晨依然黑暗，然后三分之一的夜晚正常起来，早晨也出现了曙光。她说孩子们复活节过来陪她了，难道我们都不知此事？确实不知道，因为我们和汤姆也不联络了。真好笑，她一直以为我们是知情的，知道孩子们去看她了，她还疑惑为什么没人给她写信，甚至也不给她寄包百丽茶[①]。

"你们还去特洛卡德罗餐厅吗？"她问。

"不去了。"我撒谎道，至今我都不明白为何要骗她（我没有告诉其他人自己撒谎的事）。

"我想，她要一直住在那里了。"卡特里奥娜说道，语气直白，不知道是遗憾还是释然。

"她没说。"我回答。

"啊，茴香酒上来了。"

[①] 百丽茶（Barry's Tea），爱尔兰著名的茶叶品牌。

公　园

显然我的血压和大家都一样，也就是说，就在沸点之下。最近几年里，那紧紧包裹住我臀部的脂肪开始慢慢消失。脱落的脂肪都去哪里了？人们变苗条后，是否有大块的脂肪飘浮在空气中，具体方位在哪里，是否会被人吸收进去，再去伤害肺部呢？我的精神状态依然不错，睡得也挺好。这让我很惊讶，不过布丽吉德倒很泰然。她对什么事都处之泰然，我就喜欢她这一点，而且，她的眼睛是灰色的。

布丽吉德当时处境不佳，她日日努力，想熬过逆境，不想成为别人的笑柄。她的男友（她称之为爱人，因为她有这个自信）离她而去，而且是再次离开。不过这一次他走得很怪诞、很执意，这似乎是在向她传递某种讯息。她发现很难依靠和指望誓言过下去，尤其是她开始承认这些誓言从未真正变成文字被说出来过。她在一家公司里有着中上层的职位，还有一辆像她这样的女性买得起的车。她生活的这个国家在十一年后会彻底茫无头绪，记者在玛丽·罗宾逊[①]当选为总统那天做采访，问人们晚餐吃的

[①] 玛丽·罗宾逊（Mary Robinson），爱尔兰前总统、联合国人权委员会前主席。

是什么主食。她正是开着这辆车回的家,一路想着是否到家后会收到他的来信,一边又把这念头强压下去。路上出现了很多旗帜,这个地区上周开始就有旗帜了,每晚又冒出新的来,好像它们是趁着人们白天忙于工作无暇顾及时,一批批地冒了出来。她猜想可能是当地的节庆活动,从这态势看这节日还挺有规模。

他来了一封长信,除了表示希望她也在那里之外,没啥内容,这就够了。她咬着内嘴唇,又开始思忖,直到嘴唇被咬出血来。她神思恍惚地绕着公寓走,不时从一处捡起点儿什么,又把东西扔在另一处。希娜打电话给她,问他们是否愿意一起到外面吃晚餐。

"是关于麦克阿坦·麦克埃尔文的事,他下周要移民了,幸运的家伙。"

"这里没有我们,只有我。"她说。

"啊,迪尔米德又走啦?好吧,就你来好了。"

有事总聊胜于无,她便去了。她乘坐贫困线①进城,那是最快的路线,不会绕弯避开荒僻地区。她尽力不去听那些从逼仄拥挤的贫困地区发出的声音,今晚不行。

"你的烫发依然很卷。"

"当然卷啦,到下周四才烫了一个月呢。"

餐馆棒极了。在那里,几秒钟之内就能屏蔽外部世界。它有一种合宜的稳定,既能普通得令人感到放松,又有点儿异域风情,挑起布丽吉德的兴趣,还有点儿保守,这样她就能认为自己

---

① 这里是指主要为城市中贫困地区乘客服务的公交线路。

具有一定反差的异国情调。这种飘浮在现实中的感觉让她有晕乎乎的满足感。

其他人也一起来了,包括雅辛塔,她长期以来一直是学生,总是能从某处弄到钱,常常喜欢把钱花在酒吧而不是餐馆里。还有希娜,她在诺里奇联合保险公司工作,上班时整日板着个脸,是个地道的北方人,思路锋利如刀刃。另外有麦克阿坦,总是一副恍恍惚惚、心不在焉的样子,今晚更甚,因为他早在曼哈顿匆匆喝了点儿酒。帕德莱格·科帕兰也在,他父亲是康尼马拉人,讲爱尔兰语,娶了一位巴斯克①女人,她有时会充满思念地说起西班牙语。

他们兴师动众地相互拥抱,然后坐下来点酒喝,大声喧哗着。这些人都属于失控的一代,包括布丽吉德。他们的客厅里没有传家宝,连便宜的都没有,因为谁都不会原谅他们,反正至今都没有。也许将来会的,等父母一方有人过世了,也许就会和留下来的那一个有所和解。十几岁时他们对一切抱以讽刺嘲笑,等到了二十岁,他们也不必因为事态好转而忍气吞声。

布丽吉德喜欢盯着人看,她对人们的头发、脸庞、衣着很是着迷。她能看出大衣上蹩脚的缝线。从这些人身上,她又能看出什么呢?雅辛塔轻轻松松就能吸引人注意,因为她有胡萝卜色和品红相间的头发。从1960年代起,当人们第一次接受大红可以与粉红或其他红色搭配时,雅辛塔就开始使用吓人的血红色唇膏了。她这会儿还在用,尽管时代尚未再次接受女人可以随心所欲

---

① 巴斯克(Basque),居住在西班牙北部和法国南部的人。

地往身上涂抹色彩。帕德莱格·科帕兰太漂亮了，真得有法律来禁止个人居然能拥有如此完美的脸庞和唇形。人们根本不会留意他穿了什么。麦克阿坦·麦克埃尔文长了一张受惊吓的脸，鹰钩鼻子，头发笔直，看上去湿湿的。希娜毫不起眼，人们压根不会注意到她的脸，因此一旦她发出声音，总会吓人一跳。人们会觉得她的话重要深沉，含有深刻的寓意，她也确实很有头脑。布丽吉德应该会有一个不错的夜晚。

希娜正想着教皇即将来访爱尔兰。"这会让我们倒退好几年。"她说。

原来那些旗帜是为这事啊。布丽吉德心想，不知人们是从哪里弄来这些东西的，难道它们一直放在箱子里，和圣诞节装饰物一起被搁在一边，就等着教皇来爱尔兰时派用场吗？或者说，难道是由某地的一家工厂迅速生产出来的？还是女人们夜里在各自家中缝制好，然后假装说它们早就存在了？

"瞧瞧，那些教皇，尤其是他，这么些年里带来了多少破坏？他当教皇有多少年了？"

雅辛塔记得，她有确切的数字，因为在都柏林的"收回夜晚"游行中，在那天夜里，一位电视人从人群中挑选了她，问她是否愿意参加他的节目，并问她如何能说服男人不加入游行，从而支持女性的愿望，即她们无论白昼黑夜都能在没有男人陪伴的情况下随时安全上街。嗯，那个电视人的原话不是这样的。她说好的。等她到了那里，却紧张得双膝打颤，都忘了电视节目是彩色的，衣服配色完全不搭调（她哪里想得到，哪会顾及自己的服装配色和那吓人的血红唇膏）。不过她得救了，因为第一任波兰教皇刚刚当选,《今日今夜》整晚都在都柏林到处寻找波兰裔牧师。那时他们正好找到了一个,而其他所有的波兰裔牧师都喝伏特加酒喝瘫了。于是此人出现了,他的英语不是太好,整个采访都口齿含混。与他相比,雅辛塔听上去就专业多了。

希娜说,人们普遍认为大家都盼着教皇来,她为此忧心忡忡,觉得应该采取行动。"我们应该有所行动。"她说。

于是大家纷纷议论应该怎么做,什么是不能做的,什么是能做的,什么是敢做的。

晚餐结束时,他们决定刷标语,这样人们就能知道也有反对的声音。他们觉得这么做是很重要的。不能是诸如"混蛋教皇"之类的激烈言辞,因为物极必反。也不能过于含混,否则人们只会皱皱眉头,不知所云。应该用类似"这里不是神父国家"这样简明的话。他们决定在梅努斯至都柏林的公路上刷标语。

"梅努斯。"麦克阿坦神思恍惚地说,孩子般重复着这个词,用舌头咂磨。他知道这个词是有意义的,却又说不出究竟什么意思。"梅努斯,神父的诞生地。"

布丽吉德的任务是接下来几天驱车往返梅努斯一两次,计算一下这条路线上有多少辆特种警车巡逻。"警车!我怎么辨认?"

"凭着后脑勺的直觉吧。"希娜说。

就在那一周,布丽吉德梦见自己变成一只鸟,飞进了别人家的厨房、餐厅、建筑工地,把该死的无线电都关了,不让他们播放有关迎接这位要人的重大消息,并以此制造其乐融融的氛围,广播里的声音就有这种煽动力。

关键的一晚来到了,就在教皇访问的前一夜。布丽吉德感到紧张，她很警觉，同时也为大伙儿至少做了点什么而高兴。她在车里备足了汽油、油漆和水，还洗了车。油漆罐就放在后备厢里。她也好好梳洗了一番，特意穿了一条牛仔裤，裤子上不需要装拉链的地方用拉链装饰着，还有品蓝色的毛衣，颈脖处高高地竖着白衬衫领子。

他们决定午夜后从她的公寓出发。越是迟一些刷标语，清晨之前他们就越不会被人注意，否则人们会看见他们的所作所为，对他们感到愤怒，或因为释然而朝他们愉快地微笑。这是漫长的一夜。12点左右，希娜和麦克阿坦来了。到了12点半，显然雅辛塔和帕德莱格有所顾忌，不想莽撞行事，毕竟这是在餐厅里喝了不少酒之后做出的决定，而聚餐的初衷只是因为麦克阿坦要移民。哦，没错！他要搬离此地，便有了足够的勇气要在彻底离开前为故土最后干一件事，他倒是轻松了。至于希娜，她可得为自己的工作再好好想想这事。布丽吉德嘛，她从来不用脑子。

于是麦克阿坦、希娜和布丽吉德出发了，他们在初秋之夜行驶着。有时候他们会检查一下，看看布丽吉德关于警车的测算是否正确——每隔八分钟，每隔五分钟，好像不对，哦，没错，是这样的，我也感觉到了——不过大多数时候，他们表现得就像是周日下午驾车外出。

开头总是最难的。他们抵达了布丽吉德选好的地方，但是还没决定谁先做。他们相互叫喊，在座位上蹦跶着，被跳蚤咬了似的。不过他们又安静下来，并决定先由希娜和麦克阿坦轮流刷第一处。布丽吉德坐在驾驶座上，等刷至倒数第二个E时发动引擎，如果进展顺利，等他们刷到更僻静的地方，她也会试一下。

好了。NO PRIEST STATE HERE[①]，用醒目的白油漆刷上，幽暗中清晰可见，好像这标语一直存在于此。他们得抽身了。他们本该站在周围聊上几个钟头，不时抬眼看看，充满向往和敬佩，赞叹这些字母可真漂亮，闻着油漆味，凝望这标语被月光凝望。第二处距离梅努斯一英里路，这时新鲜感消失了，做起来没那么开心，而且也许是因为背景墙很糟糕，字母显现的效果并不精彩。乏味地延伸着的公路让效果更差了一些，不过任务好歹完成了。接着是第三处。此时工作节奏准确无误，一分钟时间内油漆、刷子、粉刷工就完成了一次进出。

他们正专心致志地进行第四处工作，乐在其中，字母也因而显得更加张扬。他们没听到有车开过来，直到车子拐过角落，行驶到面前。布丽吉德以迅雷不及掩耳之势发动了引擎，把车子开起来，另一辆车的司机准会以为自己之前看到车子没动是错觉。麦克阿坦和希娜跳过树篱，腿部被荆棘刮擦，希娜还被荨麻刺到了。他们坐在沟里，耳畔是自己心脏击鼓一般悠长的搏动声。布丽吉德开车绕过角落，关闭引擎，倾听着，等再没有声音传来，又把车倒回原处。等那两人从沟里爬出来坐进车子后，布丽吉德斗胆出手，把 HERE 一词刷完。

"哟！如果头一次刷就发生这事，我们早就逃回家了。"

由于受了惊吓，他们便在卢坎向左拐，开上了草莓园路。"这里同样是早晨通勤上班的路，干这活儿也安全得多，风景还更美。"他们彼此安慰着，心里充满了因恐惧而生的亲密，语调中禁

[①] 即"这里不是神父国家"。

不住流露出友爱。他们看着公路，到处是密集的大树，仿佛在窃窃私语闲聊着，周围的房屋分布在险峻陡峭的丘陵上，好像倾着身子在聆听。布丽吉德的母亲曾经在这条公路上遛狗，当时她受雇给一位医生当管家。那些狗喂养得很好。不知布丽吉德的母亲当时是否也被这片美景震慑？这会儿她是否正睡着，做着一个特殊的梦，关于自己在都柏林为那位医生当管家？

就这么一路驾车，大家觉得很愉快，都忘了要停下来。当年布丽吉德的母亲遛狗时曾停下来休息过，倾听过河水潺潺的乐音，难道她的车也停在了同一个地方？谁知道呢？她都记不清他们在草莓园路上刷了几处，至少有五处吧，她都亲自刷了两次。一次是在公路对面，她最喜欢那个地方，就在浓密幽黑的大树下，RE 两个字母还刷到了路边，油漆都落到了草上。那种草是可以吹口哨的，你只要把草拢起来，控制好手和双唇的角度。

他们往家的方向行驶，开始大声谈话，莫名其妙地笑着，愈发轻松起来。他们开上了奥克斯曼顿公路，经过北环线，在菲斯波罗向左转，越来越远，更加靠近可以安身躲藏的家门。

不知为何，这样的夜间艺术工作他们就是收不了手，竟然在格拉斯内文公墓入口处的对面停下车刷了最后一次。真有趣，这一次拖的时间最久。等开车后，一辆警车赶超了他们。

"该死的，我们差点儿被抓住。"麦克阿坦说。

"反正有惊无险。"希娜说。

回到布丽吉德的公寓后，大家都饿坏了。麦克阿坦和希娜检查车子，以防留下油漆印记，然后他们洗了刷子。布丽吉德煎了鸡蛋，往烤面包上放西红柿和蘑菇。麦克阿坦留在那里过夜。

到了早晨,他们打开收音机。其中一则新闻简报提到了有蓄意破坏者粉刷了一条标语,反对教皇的来访。

"一条标语,才一条,没搞错吧?"布丽吉德睡眼惺忪地调着波段,"教皇这样,教皇那样,教皇什么呀!"她咕哝着,关掉了收音机。

等他们起床,全国上下一片激扬,孩子们洗得干干净净,穿戴整洁,好像要去公园郊游,车子都擦洗过,大家严阵以待,手握公共汽车票,装好了餐盒。城市居民都外出购买塑料椅子。小贩们聚集在公园里。连公园障碍墙的最后一些石头都被扔进了垃圾堆,人们得为所有的车辆、警卫人员、神父、母亲们、银行家,还有一些决定贩卖望远镜大赚一笔的激进分子,以及议员们、父亲们、诗人们、乐手们腾出空间。大家已经做好一切准备,要接受耶稣基督的肉体和血液。那些持不同想法的人在当天就干脆消失不见了。到了上午9点,照明灯下已经人头难辨。(强光让很多人都隐匿了,只留下身上的淤青,还有相互揸架的声音。接着……窒息的声音,瞧,必然是这样的结果,在所难免……)

布丽吉德的门铃响了,她慢吞吞地走到门口,因为她有一种消磁的感觉,胃里的那点儿低声咯咯叫的愤怒感都难以抵消它。她打开门,看到哥哥正冲她微笑,身旁还站着他那位小心翼翼的女朋友,还有她的表兄弟们及其他朋友。他们一早过来,就是为了饱饱眼福,如果还有椅子剩下,就买几张回去,如果她不介意的话,他们要把车子停在她这里。

"我们觉得可以在你这里喝点儿茶,因为我肯定商店都关了。"她哥哥说着,走进了玄关。

布丽吉德觉得自己若是不让开,就会被他们压倒。她走回厨房。最后一个人关上了身后的门。他们现在正围着迪尔米德打好包的行李站着。她讨厌大家这个样子。迪尔米德在这里也就剩下这些东西了——只要他的东西还打包在箱子里,放在她家里,就还有希望。如果这些来看教皇的人久久地在他的行李旁边徘徊不去,他也许就再也不回来了。瞧瞧那个愚蠢的大嘴,居然把肮脏的屁股靠在迪尔米德的立体声音响上。这时她有些清醒了,怒火在体内燃烧,她浑身颤抖,两条腿也有了力量。

她说:"我是不会给去看教皇的人沏茶的。"

他们都笑了。

"我不会的。"她说。

他们又笑了。

"真的不会。"她说,笑声渐渐停下来。

她哥哥说:"你总是那么爱开玩笑。我刚才还对他们这么说你来着。我们在莫林加就很怀念你的玩笑,我们特别喜欢在周一上午搞笑一番。好了,谁喝茶,谁喝咖啡?"

布丽吉德走到门边,打开门,说道:"我没开玩笑,要去公园的人在这里是不受欢迎的。今天全国上下都随你们瞎搞了,你们干吗还来烦我?我一整天都要把这恶心的事从我的脑子里扫除,已经够烦的了,谁还有精力来招待他的追随者……够了,我不想再说难听的话,赶紧拿了茶和海报,还有这些念珠,给我走人。"

他们真的走了。再说了,他们又能怎样?那天他们也就受这一次对虔诚者的打击而已！这也太轻松了！布丽吉德简直难以相信他们真的走了。她嘴里品尝不出任何胜利的余味。她说了声"哇哦"，便回到床上和麦克阿坦一起继续睡。她把裸露的身子蜷缩起来，尽可能靠近他，把胸口贴在他身上，这样他们的心脏就能一起搏动。他虽然不是迪尔米德，可是他真实存在。

几个小时后，他们听到街上传来欢呼声。邻居们都站在楼上的窗口处，冲着天空中的一个黑点挥动黄色和白色的旗帜，一定是那家伙的直升机。布丽吉德随手抓起一件黑色的衣服——恰好是一件睡衣，她把衣服贴在窗户上，再回床上睡觉，竭力想把狂热虔诚的嘈杂声挡在外面。

到了11点半，她和麦克阿坦决定前往纽格兰奇墓，这是他们能想到的最屏弃宗教的地方。他们独自沿着蜿蜒穿越都柏林郡北部的教区公路驾驶，这些公路都绕开了教皇前往德罗赫达的路线。一路上他们遇到古怪的警车，被车主的目光紧盯着，对方一定在想这两人要干啥？他们这是要去哪儿？这会儿公园里都在做弥撒了，不是吗？教皇早就以冷峻犀利的口吻告诉民众什么是不能做的，诸如你们一定不能，绝不可以，也不能……

在这样的日子，以如此方式说话，民众听了得好几年都缓不过来吧。上百万人跪拜，在差不到四分之一秒的时间里弯曲着各自的膝盖。麦克阿坦把脚搁在仪表盘上，叹息着，就像有些人在做爱时得到了预料不及的满足一般。教皇将主持人扶起来，民众低下了头。布丽吉德怀疑自己来例假了。人们排队领圣餐，有人拖着脚慢慢走，有人跺脚，大家拥挤着充满信心地走向天堂。布丽吉德不禁打起寒战。

麦克阿坦和布丽吉德到大门口时，公园里的人们已经开始打开瓶子。**因教皇到访入口关闭**。他俩沉默不语，只是紧紧拉着对方的手，开始寻找树篱处的豁口。他们爬过沟渠的一处裂口，跳到了坚实的地面上。麦克阿坦觉得自己的髋骨因为冲击力被推向了肋骨。

人们歌唱着，摇摆着："他的手中掌握着全世界。"（十一年后，当毒物泄漏时，一些人便对着正坐车穿过公园大门的玛丽·罗宾逊唱起"她的手中掌握着全世界"。他们低声偷笑着，心知肚明上一次是在哪里听到这歌的）麦克阿坦和布丽吉德走到石墙处，布丽吉德冲着麦克阿坦的脸，伸出舌头顺着他的脖子往下舔。他们穿过要离开的城市，内心突然渴望被温暖的身体抚慰，希望有宽阔的臂弯能埋下自己的脸庞，有胸膛可以依靠，有嘴唇能亲吻，只要能让自己分神，什么都行。

那天晚上布丽吉德和麦克阿坦进城想喝一杯。这是他们能做的最糟糕的事情了，因为他们遇到了太多去过公园的人，比他们预料的更多。那里有怪异的声音，也许阴暗处潜伏着某种气味。街道上到处是垃圾，仿佛当日有军队踏步走过，留下了一片冲积物似的。如果真是这样，布丽吉德和麦克阿坦就是在边缘小心翼翼地游泳，而人们则站在甲板上背对着他们。他们遇到了帕德莱格和雅辛塔，后者正为自己没去刷标语而愤愤然呢。他们整日一起坐在床上，可又啥都干不了，因为帕德莱格是同性恋，这让雅辛塔很失望。她并不总感到失望，可偏偏这一天！他们对着屏幕挥动自制的旗帜，喊道："走投无路，走投无路。"

他们都喝了酒。四个人一起说着悄悄话，希望从彼此身上获取安慰，可是收效甚微。

到了机场，希娜、布丽吉德、帕德莱格和雅辛塔在四周徘徊，这时麦克阿坦的父母正处于亢奋状态。麦克阿坦的母亲伤感不已，她得等上半年或更多的时间，才能给他寄各种明信片，什么西部风景、西部酒吧、蓝天下的乐器、西部的山谷中江河湖泊星罗棋布。她得等。布丽吉德没法好好亲吻他，因为他的父母不会把头扭开很久。在洗手间里，希娜和布丽吉德决定一起再去刷一次标语。为什么呢？没这必要嘛。准是因为这个机场，人们纷纷飞走的感觉，一定是这引起的。她们没有告诉帕德莱格或雅辛塔——这事太严肃了。

天刚黑下来，她们就开车到了公园，在为教皇来访而竖立的纪念碑上刷了**若男人怀孕则避孕与人流可谓神圣**。标语上有很多字母，布丽吉德刷了五十个，她的字潦草流畅。希娜刷的七个字母倒挺工整和漂亮。次日的报纸上会报道说有两人参与此事。最糟糕的是，希娜说她们事后非得这么做，得去最近的酒吧，往手上撒尿，然后在水龙头下清洗。这事最糟糕，不过她是对的，这样就能洗掉指甲周围的颜料。希娜告诉布丽吉德，说她也要移民了。布丽吉德说"哦，老天，可别"，已经开始舍不得她了。

七年后，布丽吉德在刷无害标语时被抓住，正好是限定法令通过后的一年。

"法官大人，这些标语也许无害，但蓄意毁坏公园里的教皇十字架性质就不同了。"

法官瞪圆了眼睛，露出一片大大的眼白。"判刑六个月。"

他说。

我也被抓了。我找了份随时待命的工作,任何时候本地商铺的彩票金额超过七十万镑时,我就去收彩票钱。一天晚上有位顾客落下半张收据,上面写有中奖的号码。不知道(我本该了解的)得用哪张收据去领奖,我就想试试手气,把单子拿走了。不巧那一周备用金里少了一百镑。不是我干的,我可没这胆量。

"一百镑也许算不了什么,法官大人,可是企图以欺骗手段获取八十六万零二百九十二镑性质就不同了。"

"判刑六个月。"他说。

我们下周出来,迪尔米德要为我们开个庆祝会。

真彩深红还有，苏珊……

苏珊，我来告诉你书上是怎么写的。我以前从不想读书，真希望我从没读过书，可这就像醉酒的人在抱怨圣诞布丁，已经来不及了。也不是说读书会要你的命，不会的。我很高兴这会儿身处此地。当有人问我，那天邦纳挡出那个必进之球时你在哪里？我会毫不犹豫、镇定自若地回答。我知道具体地点。我就在此地都柏林，我姐姐的一个孩子病了，所以我们在卧室里看比赛。我们轮流将头蒙在被单下面，那时轮到我，因此就在那一刻我把头盖住了。不过，我后来看了重播。美国人轰炸巴格达的那一晚我在酒吧，周围都是美利坚合众国公民。算我运气，哪怕都柏林只有一家美国酒吧，那也是唯一的一家。当时他们都在那里听传统音乐。乐手停了下来，和大伙儿一起盯着电视，这一幕可真怪异，他们居然也加入进来。我们本该竭力假装相信，那炸弹的嗖嗖声其实是新近流行的合成器发出的背景音乐，但这是做不到的。人人脸色苍白，除了几个美国人。那晚的音乐再也没响起过。苏珊，你当时在哪里？你一直很早上床睡觉，是吗？教皇来的那天我在科克，你还记得吗？大群的人前往科克，因为那里是无主教区。你在哪里，苏珊？不，别告诉我，让我猜猜。不过我要念这段话的原因是因为我其实来自无名之地。如果有人问你肯尼迪遇刺那天你在哪里，我敢说你答得出来。我吗？我在无名之地。除非你听我回答说是和姐姐一起沿水沟走着，走到公路上，走进店铺，拿着一支手电，得不停晃动它，电池才会接触起效，冻结的草木和水草在脏兮兮的橡胶雨靴上画出一块块图案。我才不会这么回答呢。那支乐队，我们称他们风笛乐队，好像我们想对他们和其他所有的乐队进行区分似的，或者说也许我们只是单纯喜欢"风笛"的声音。该乐队正在格拉迪斯·马哈菲家里排练，或者说，至少那是她搬到乡村前住的地方。格拉迪斯是个妓女；哦，是的，到处都有妓女，甚至在无名之地都有。她是个可爱的女人，善良，但并不聪明。她有一大堆孩子，她都喜欢。那些孩子看上去像掌柜、农夫、工人、卡车司机。我们喜欢沿着水沟走，因为尤其在晚上，当我们被差去店铺时，母亲会说："别走在沟边，会掉下去的。"于是我们打着手电，电筒能亮时，我们就拿它冲着天空晃动，从上到下，从地球的一端晃到我们的橡胶雨靴上，光点在银河上舞动，我们边走边玩耍。也许是乐队里有人看到了手电光，便走过来告诉我们说肯尼迪总统遇刺，死翘翘了。他们当时肯定有无线电，这事很怪，因为风笛在排练演奏时发出嗡嗡声，人们是听不到无线电广播的。更有可能的是他们中有人迟到了，正好把消息带给大家。或者他们已经知道了很长时间，当时看到我们，从我们的表情判断我们根本不知道肯尼迪死了，便觉得最好还是告诉我们。我们来自无名之地，因此他可能已经死了好几个小时，而我们一直不知道。就在当时，我开始念这段话，想缓解无名之地无名小卒的尴尬。有天夜里格拉迪斯发病了，当时有个顾客在她身旁，是麦克M先生。消息传开，男人们就不去那里了，不过格拉迪斯很幸运，因为他们继续付钱给她，花钱让她收口，这样她就一直有足够的钱来养孩子。瞧瞧一些女人的这个部位，苏珊，我很惊讶女人的手指戴着这样尺寸的戒指居然不发青，不断掉，那戒指像路灯一样巨大。亲爱的苏珊，如果我说自己从未假设过结婚会怎样，那是假话，尽管我奢望过很多不可能拥有的东西，结婚并非其中之一。小时候我也许乐意自己患上小儿麻痹症。我觉得它不会要人的命，而且还能让你跛了腿，很吸引人。我大概真的很喜欢跛腿的样子，我告诉你我来自无名之地。最后大家会希望我安定下来，过不读书的单调邋遢的生活，唉，可事实并非如此，他们想错了。嗯，你要借火吗？你知道每次你用蜡烛的火点香烟时就有一个水手死去吗？我已经让满船的人灭亡了。我在浴室里点蜡烛，关掉电灯，点上蜡烛，很放松。当然了，我去过很多昂贵的餐馆，他们都用蜡烛的。有些人肯定会说我混得不错，尽管我依然觉得做个瘸子会比现在过得更好，让我更显得与众不同。不过说到书，苏珊，我一直在谈论书来着。我埋头书海，尽情饕餮，狼吞虎咽，就像一些人吞食维他命。想象一下我的感受，我身处某地。很久以后我才明白，人们都看错我们了，这可是很糟糕的。我依然会想起那些书，它们就像是那种最后被发现是谎言的情书。你得读了他们在书里写了什么，才会明白，他们没写出来的东西才是最令人痛苦的。在他们写的书里，女人从没有过孩子，你知道吗，苏珊？一次都没有。家庭添了口人，男人们气喘吁吁地跑上医院的楼梯，去看望刚为他们生下孩子的妻子，妻子身旁躺着个婴儿，孩子之前从没出现过；或者，男人死的时候留下了四个孩子，但女人从没有过一个孩子。从未出现过孕吐，没有歇斯底里，没有怯生生地恳求男人在半夜里托一下后背，没有撕心裂肺的痛苦，没有尖叫，没有碎裂般的流血，也没有膨胀的阴道。如果我们不知道生育是怎么回事，我们就能更轻松地征兵。那个吃奶的婴儿就能长成战争英雄，苏珊。又怎样呢？哎，任何人的任何男友都能成为英雄，比如，隔壁失火了，他救出了所有孩子，或者，他跳进利菲河救出一个企图自杀的人——其实，我并不认为这就是英雄，我觉得这是一种干预，反正你懂我的意思。英雄不必非得搭上他人的生命。一切有趣的东西，苏珊，都是骗人的。还有件事……别让你的厨房乱成一团，苏珊，你太容易陷入尴尬了，不是吗？而且，你太早上床睡觉了。不，我不想压低声音，我干吗要这样？他们从来不放低声音的。行了，苏珊，你让我想起了一个孩子，我昨天听到他对他妈妈这样说话："妈妈，我有礼貌吧？"你很有礼貌，可有礼貌又怎么样？我们得弄明事理。不礼貌的事理。什么是我们需要知道的，我马上就告诉你。如果我写一本书，我不是真的要写，放轻松点儿，哦，笑一笑，苏珊，开个玩笑又不会要你的命。反正，布丽吉塔修女一直说我的英文很棒。她说这话时很忧伤，情绪低落到了极点，因为她相信如果一个女人英文很棒，那她的爱尔兰语是不会好的。可怜的布丽吉塔。我记得自己喜欢关于文字能将人带到某种意境的观点。当我发现"机库"指的是放飞机的大棚时，我非常开心，这就意味着，每次当我想到"衣架"[①]时，每次在整理房间时，每个周日上午穿上漂亮的外套去做弥撒时，我就是在坐飞机旅行。在做弥

---

① "机库"英文为 hangar，"衣架"英文是 hanger，两者拼写近似。

撒时，我满怀慈悲，也就是说我心脏下面的这个洞穴充满了蛙卵，蛙卵就像西米，我喜欢奶冻西米，弥撒很快会结束，我们就能吃正餐了。当你一定得去做弥撒，或是感到饥饿时，琐碎小事都会很重要的。你知道有个星期天的弥撒时我想到了什么吗？我常常在弥撒中念叨一长串东西，这样就能消磨时间，不过我努力念叨靠谱的东西，比如说戒律等。苏珊，我发现戒律根本没用，除非我们喜欢同性。"你不该觊觎邻居之妻……"瞧！而且它们都是针对同一个你，真的！这改变了我的生活，苏珊，可以这么说。现在，如果我写一本书，我会站在我们的立场，承认一些事情。我害死了自己的孩子们，我送儿子们去战场，在旅馆里往杯子里撒过尿——听着，我早上烫过杯子，以防感染细菌——我和狗交配过，不骗你，事后我把狗放下来，以防它觉得人就是要和它们交配的。你吓坏了吧，苏珊？哎呀，全世界的庙宇和教堂的墙上都有人和动物交配的图画；当然了，石头和文字是不一样的，你可以轻易就谴责石头。我曾祈祷儿子们能从战场上回来，哪怕他们杀害过其他人的儿子。我会对此守口如瓶，以免鼓动了其他女人。不，我没事的。只要我把故事讲得荒诞不经，没人会相信的。如果我写自己四处走动的方法就是从楼顶跳下或在一幢幢大楼顶上飞来飞去，他们会说我有非凡的能力，把幻想写得如此逼真。可是假如我在书的开头就说自己一生有两件幸事（如果你觉得这就叫幸事的话），即丰富的想象力和湿润的阴道，那情况就不同了，他们会说书里的一切都一定在我身上发生过，不可能是我空想出来的。从大楼上跳下去，在天空中飞荡，这太神奇了，可是那另一件事呢！看来你是对的，苏珊，我一定得小心。书里面有些人会把自己的悲剧拿出来端详，或是把心脏掏出来扔了，因为不想被拖累。我吗？我会把整个命运拿出来，只为了悄悄瞥一眼，如果它变成了傻子……好吧。只要你不开始寻求答案，真正的傻子也不会出错。你上学那会儿喜欢历史吗，苏珊？你喜欢帕内尔吗？我喜欢帕内尔和基蒂，我本来应该喜欢迈克尔·柯林斯的，我讨厌三十年战争；反正我现在不相信了——假如他们在其他内容上撒了谎，那我敢保证他们在这上面说的也是假话。我不会去写历史，那只是一条条选择性的新闻，除非你把它们和其他事情放在一起，否则历史根本没用，至少传授给我们的这门所谓的历史课啥也没教会我们。那些新闻是怎么得来的？我讨厌新闻，总是关于战争或是战争的可能性，或者是战争的后果，总是让人感到惊慌。假如什么新闻都没有，有些人没准会表现得更好些。他们拿那些跟我们毫不相关的地方的新闻来淹没我们，这为他们提供了一种解脱的方式，可以避免处理那些自家门口发生的滑稽事情。他们以此消磨时光，这些搜集新闻的人，要确保我们没法自得其乐。他们在夜里让我们觉得沮丧，到了明日，又有何用呢？到了晚上，在新闻编辑室，母亲们要回家去，很快单身女人也跟着走了，她们对战争其实并没那么感兴趣。单身汉们和父亲们还待在那里，包括父亲们，因为当他们还是单身汉时他们一直全夜工作，所以不全夜工作必然是行不通的。这是真的，苏珊，炸弹总是那时候掉落，女人们浑身埋在瓦砾尘土之下，只剩下脑袋露在外面；接着又不扔炸弹了，我们都准备迎接一个永无止境的节日，但是接下来他们又扔上了。所有这些整夜干活的男人才不会消停呢。让他们上床，苏珊，得躺平了，这是让他们不害人的唯一办法。让他们热衷于食谱和花样姿势,我就是这么想的,苏珊。有一次我整夜和一个记者在一起,和他做爱。我觉得他很难真正忘掉工作,在他达到高潮时我盯了他三秒钟,之后我自己才到的。他眼睛睁开着,一直坚持不懈,欣悦亢奋着,然后才驶离航线,滑翔而去,对此惊恐不已。事后我觉得他爱干这事,可是不喜欢彼此亲密。我就是在这一瞬间明白了他们是怎么获取新闻的。他们整夜不睡,哪怕是做爱之后,因为他们明白其他地方并非夜晚。后来,黎明将近,当我再次席卷起飓风,需要被化解时,他拒绝了,说他很忙,得撰写关于那事件怎样影响了穷人,即那些失学的人、精神疾病患者、无家可归者,以及失业者。我问他,说难道他觉得我不理解何为穷人吗,难道他真的以为这些人会告诉他吗?我就不会,一定程度上是因为我只想对他展现自己最好的一面,而袒露自己的贫穷细节终究不是最有魅力的事情。不过,我还是得说,他们确实干得不错,这些整晚不睡的人,所以像我这种来自无名之地的人立即就能知道肯尼迪遇刺。不过我还是不肯定。当你应当跳舞或入睡时,谁想知道谁杀了谁啊? 不,我不想写历史。我们在历史课上学到了饥荒,我承认我们需要了解这种事,可是除非它告诉我们,这种事并不非得发生,也不会再发生了; 我们还了解到,一些高地被残忍地破坏和清除了,我们也需要知道这些,可是我们不知道的事情又是些什么呢? 这才是我想了解的,苏珊。我过去常常阅读书本,想找到答案,不过恐怕书里什么都没有。苏珊,你觉得我们是普通女人吗? 一天晚上有个男人演奏着《未来未来》,并说在场没有普通女人,他想有个像他妻子那样的普通女人,可是他的妻子也许喜欢我们,苏珊,而他却不知道。我觉得我们是普通女人,苏珊。我们做孩子时没有遭过侵犯，事实上我得说我们的父亲太早把我们推开，就是以防发生这种事。在去祖母家的途中，站在租来的车子前部，就在他们的两腿之间，真开心。当然，你也许会乘坐公共汽车前往，我们却得租车去看望祖母。我也并不饿。有一次，我们晚餐得喝粥，只有一次——我咽不下这糟糕的东西，即便是早餐都不行，它让我反胃——我们大多时候是吃大量的土豆和卷心菜。有一天我提议在外面吃晚餐。母亲答应了，母亲很少答应的，她们很少对奢侈行为点头。我把旧外套铺在花园里，把盘子放好，里面放满了漂亮的炸卷心菜和土豆。我去拿叉子，这时狗把这些东西都吃了，也就是三秒钟的时间。一想起后来发生的事，我的耳朵现在都觉得刺痛。如果我是演员，需要哭泣的话，肯定没问题的，我只要想到那天被狗吃掉了晚餐就行。另外，母亲让我放学后早早回家，一放学我就得赶紧回家。为什么呢？倒不是说家里有什么重要的事。记性好的人才是好母亲。没啥原因的话，我从不让孩子们放学了就早早回家。不过我是个普通女人，嗯，和任何女人一样普通，因为约翰·肯尼迪遇刺那一晚，还有此后的生活，被告知谎言时，我都在无名之地。当一个人溜出子宫，在他还未被告知一切时，只能是普通的。那这个男人知道什么是普通女人吗？一个只读了几本书的女人？一个有几本书却一本都没读过的女人？一个只阅读有着合适文字的书本的女人？例如，我就不使用"胎儿"这个词，否则我会觉得自己是在犯罪，是在煽动谋杀。正如我所说的，苏珊，对杀害保持沉默吧。如何成为普通女人呢；当我们的母亲还是孩子时，当男婴要换尿布时，她们就不能待在屋子里，神圣耶稣之母啊，难怪我们有些人会指责阴茎，好像它们会咬人似的？普通？普通？怎么会有这样的东西，女人怎么可能保证她不会在某个夜里，把城镇给捣毁呢？苏珊，这也正是我现在要换饮料的原因。我准备为咱们点香槟喝，还要告诉你我是怎么看待咱俩的，这些话我从没在书里读到过。首先，我们的状态，它变化多端，难以描述，描述了也没用。可以这么说，苏珊，我们有着不确定的尺寸、大小、比例，所以最好只用名字来指明。我们有时候胖，有时候瘦，有时胸脯丰满，有时平胸或翘臀；我们有时因为性欲而无精打采，因为爱而昏昏欲睡；我们敏锐、紧张，我们又很松弛，连风都会在臀部吹出个洞来。可是我们的外形并不重要。我们喜欢性，有时会为此狂野，可是你根本猜不到他们说过什么，这会儿你猜到了吗？1950年代和1960年代早期，我们在全国上下趾高气扬地走着，取悦自己也愉悦别人。好吧，我知道你和我并不是这样的，苏珊，这只是因为它发生的时代比我们的要早，可是那些可爱的女人，可以这么说，她们就在那个角落，那些女人的脸颊上扑着银粉，确实是这样，不过书里可没这么写。那些书把我们写成了圣人，是廉价、塑料的圣人，没有爱。他们或许会称我们为深红①，但并不把它当作一种真正的颜色。没有一本爱尔兰的书籍对我描写过爱，除非是提到要把我们雕刻在教堂的墙壁上，刻在墓碑上，苏珊，这样更安全。难道他们以为到了夜晚我们就不会翻动泥土，引人过来，问他："你喜欢这样子吗？"把手伸下来抱住我们，否则我们不会在寂寥、并非孤单的夜里对着身旁的尸体说"这是我的地盘"。不是有很多周六夜晚要熬吗？难道我们不会自己这么做吗？在某个早晨爬出我们那张让人

---

① 深红（scarlet）和女子常用名"斯嘉丽"（Scarlett）读音相同。

难以动弹的单人床？难道他们以为我们只需要他们逼迫我们说的那种爱吗，难道我们不需要有一只手在我们的阴蒂上下抚摸，似乎想寻找它，不想有一个温暖的胸膛可以让我们撩起宽袖子用手来触摸，不想有一根手指底部连着灵活的手腕，唏！一根手指，三根手指，深入我们的子宫，或者在雨夜，有一个男人压上来，或压在我们身下，横跨过来，执意要让我们因为渴求他而感到虚弱吗？我问你，苏珊，为什么写书的人不了解我们？男人就会。瞧他，苏珊，不，不是他，我不喜欢把领子竖起来的男人，我至少得和他们谈过话才会喜欢，是他旁边的那个。我曾经以为我会给米勒先生写信。米勒先生，我直说了吧，你不了解自己从手肘到臀部的部分，可以这么说。它不是你睡觉时的那道门，也不是一个紧密的空洞，不是一个缺口——缺口只是一个过渡——不是肉。肉？你太离谱了。不是故意的，当然了，这是因为你了解得太少，你以为你能吃它；事实是倒过来的，米勒先生。尽管你从来不说，但我敢保证这正是你害怕的，而且你有理由。是阴道，若不对它好言好语，会反过来把你吞噬，你又该怎么办？你卡在半当中，找不到出口。轻点儿，米勒先生，我说，轻点儿。你这是怎么了，干吗一定要这样子，色鬼，你是这么想的？你为何这么害怕性？为什么一定要觉得自己是在骗人？为何因为激动和骄傲就非得有性反常呢？那狂野的哀求的表情，你有没有可能误解了？我只是问一下。米勒先生，如果你能自娱自乐，没多少人会不懂如何让你开心的。记住这些名字。难道你只是想寻求赞许，或者只是想在城里获得名声，难道你有可能是烛光里的亲密性伙伴？米勒先生，你为什么受不了我们如此享受它呢，或者更糟糕的是，受不了我们比你更受用呢？你很难明白性并不是对我们的强求。我们获得了许可，却不是由你来给予，而是来自我们自身，所有不同类型、不同体形的我们。你体内的仆役可以假装他在应招，可是你的钱却汩汩流尽。听着！做爱吧，米勒先生，这是成年人做的事情，是在某人的眼睛里制造阴影，是用手轻轻地从某人的脸上往下抚摸，如此接近皮肤，却并不碰上去。你明白的，我们什么都做，我们亲吻底部，我们会让你因为丧失彼此的感觉而疯狂，我们喜欢它，亨利，虽然你希望我们讨厌它。苏珊，我会告诉他我们做的一切；看看那些你做过的事情，苏珊，看着你没人会想到它，恕我冒犯，苏珊，你很美，不是这个意思，我是说你站立的姿势，你不正眼看人的样子，这就是让人们怀疑的地方。我会告诉他，苏珊，交媾对我们并不只是背景声音（当然，我不该单单挑出米勒先生来）。我会告诉他我只知道有一个男人，他能好好地做爱，而那人并不是他。这个男人，这个我认识的人，他能看着我就做爱。我们的初夜，隆冬里夏日来临，窗户里有光亮照进来，从水汪汪的黑色变成了橘红色。后来在餐厅里，我们坐着，手肘撑在餐桌上，最后，我们慢慢地倚靠过去，伸出手腕，摊开手，手指交缠起来。我们不可能再一样了，彼此那么接近，仅凭思维就能伤害对方。我应该更小心翼翼的，可是当你内心激动不已时，又怎能好好思考呢？我们一直做爱，因为那是我们认为唯一能解释降临在身上的这股洪流的途径；我们彼此要不够，互相饮取汗水，循环往复，向对方倾注所有，就像孩子拿着水罐相互倾倒。我们融为一体，有时候都分不出何为起始，何为结束。我一走进房间，他的目光就蒙眬起来。在最初的刹那，我总是感到自己的眼前也一片蒙眬，视线模糊不清。整个过程中我能感觉到身上穿着衣服。几个月过去了，我们恐慌起来，我常常用手握着他的手腕，大拇指和中指相互交叠，因为我有一双大手。我认为这样就能回到现实，有时候简单的触碰能够做到的。我们躺着的床——很多时候是地板，因为我们总是等不及——它见证了这一切。我感到迷惘，难道它给过我警示吗？我尤其记得有一次，那是在失望之前，我们在他的工作室里做爱，情况所迫，我们只能无声无息地进行，因此四英寸距离的隔间外面，人们会以为我们只是在读书，最多是彼此凝望。我们安静地接吻，牙齿相碰，一个声音在对我说话，那显然不是我的声音，是我的血发出了声响。他兴奋地扑上来，就像你在信的开头写上"亲爱的"一样轻松，你都来不及思考。他的电话响了，不停地响着，于是他离开我，走过房间。他的阴茎上带着我的鲜血，这让我们感到安慰。我们早已深入彼此血肉，这并不让我们感到惊讶。他在讲电话时，我又扑了过去，他进入了我体内，让我感到温暖，一阵颤抖。现在他已经离开了，但这是另外一个故事了。当我想到做爱，就会想起他的大拇指由内而外地紧贴着我的脊椎，像在提醒着我什么，他微笑着，仿佛不知道自己在做什么。我知道肯尼迪被枪杀的那一晚他在哪里。我就是要告诉米勒先生这件事，这样他就能把信给朋友们看。天哪，该死的房东来了，我已经拖欠了三个礼拜的房租。嗨，帕特里克，你好吗？快，苏珊，趁他还没想起来，我们赶紧走。到我那里去看书吧。那些你从没听说过的书，那些能让我们成长的书。你这会儿还不需要回家，你这次可以待得晚一些。我当然会了，为你，苏珊，我什么都愿意的。我想你是对的，他不会把信给朋友们看的。不过，谁知道呢。

漫长的跌落

托马斯·麦格克明白,人们会随着年纪的增长越发自信,能够就事论事地解决生活中的小问题。或者说,他觉得自己是明白这个道理的。可这会儿他却碰上了难题,他好像无法肯定自己明白的、或以为自己明白的事情到底对不对了。其实,这些天他什么都无法确定。他最后去看了趟牙医。他准时进入候诊室,为自己打气,自言自语地激励自己。可是一个胡思乱想进入了脑海。假如拉蒂根先生再对他说,"哦,亲爱的,你的牙齿没问题,但是牙龈,是你的牙龈!你的牙齿会陪伴你终生,可是牙龈!注意了,你一直,嗯,看来一直在抽烟,哎呀",他会说,听着,你是我的牙医,仅此而已,我是付钱让你治牙病的,治好我的口腔问题,所以别再教训人了,干活儿吧。他就想这么说来着。真事到临头了,他明白自己是不会这么说的,他可没这个胆。他以前不在乎牙医说了什么,可是现在他真的很怕这样的训诫,这让他无法应答。这让他应该说:"听好了,拉蒂根先生,我觉得我自己的口腔或身上的其他部位并不关你什么事。你只管戴着手套和口罩,尽情给我用牙线清洁吧。另外,当我的嘴巴被这小棍子打开时,拜托别再讲那些耸人听闻的话。"

废了,只能这么说他了。近半年来他连鹅都没敢嘘过。这事对谁都是个问题，不过对托马斯来说就是灾难了，因为他干公关工作。没错，他想，我是做公关的，应该无所不知，忙个不停，是很重要的人物。

排队的人慢慢少下来。他对此很高兴，但他还是想在外面。得果断！他也会做噩梦。在最近的一个噩梦中，他正在参加电视里的一个简单的智力竞赛节目。三十五个问题他只答出了一个。汗水从屏幕上倾泻下来，全国上下都在看着他，包括他的初恋女友和其他辨认不清的几任女友，他都不知道居然与她们交往过。醒来时他并没觉得轻松下来，反而更紧张了。公关人员应该无所不知，可以承担任何事情，能够独当一面，游刃有余，他应该忙得无暇顾及眼前匆匆往来的凡人琐事。因此，这个特别重要的人物那天究竟干了什么？

匆匆结束了早餐，早晨的这个时候他信奉沉默是金。他的身旁坐着俊朗的儿子，后者挑挑拣拣地吃着早餐——儿子做什么事都这样，好像全世界都欠了他，连餐桌都归他所有似的。没错，沉默是金。他的另一边坐着年迈的父亲，那一周父亲过来小住。托马斯·麦格克像是被暴风雨肆虐了一般，这天早上他的血管里充满了青春和衰老，没有多余空间留给他自己的年纪。接着他去银行进行外汇兑换，排在他前面的顾客滔滔不绝，大谈自己的业务。也许她是个寡妇，家里没人可聊天。银行工作人员似乎在听。那个顾客就大声对他说话，很开心的样子，像唱歌一样把声音提到最高，说是要为两个孩子将比塞塔的数额分开，这是给他们的零花钱，你知道我的意思，尽量多用纸币，最好不要一万一张的——就这样，她显出自己大致了解不同的面额，或显出她有孩子,或正打算、也有能力去度假。他干吗去听这些哗众取宠的话?他明明有更重要的事情要做,去银行到底为啥来着?

"那真是一件可怕的意外,"她说,"十一个人当中只发现了七人,不是被杀害就是淹死了。"

他去银行是为了换英镑,他要去伦敦旅行。他在异地能用卡在机器上取钱的,可是银行让人更舒服;外币兑换意味着要出国,能显出重要性,这和一般旅行不同。如果用欧洲货币会很麻烦。也许让妻子拿钱给他会更轻松些。不知怎的,她很尊重他,最不愿意给他添麻烦,他打着嗝这么想着。他走到柜台,开始办事,对工作人员态度友好,换好了钱。如此一笔交易!等价的钱,现在他有了等值的另一种货币。不同国家的人拿着不同数额的纸币过着同样的生活。涉及大量马克思理论。

他应该看看墙上的广告的。他是做公关的,应该会有兴趣。可是他只看到办公室里坐在后排写字台旁的女人,倒不是说他觉得那人漂亮,而是因为她貌似井井有条、全神贯注,一定对眼下的工作很满意。她拿起电话,往电脑里打字,然后放下电话,取纸,拿清单,节奏把控完美极了,这是她独有的节奏。是的,他应该对广告发生兴趣,也许还能从她身上构思出一则广告来。他没有做过这样的广告,可是随时关注成功的新事物是他公关工作的一部分。成功的广告能让你知道如何找准下一个产品。一个好的公关人员可以将任何东西推销给任何人,能让所有人相信他。他曾经做得到的。可是现在呢?现在他和妻子谈话前都会犹豫不决。不可以再这样了。见过牙医后,他要去办公室,找找要在伦敦处理的新合同。他要振作起来,给自己打打气,要带妻子去餐馆吃饭，为明天理好行装，好好睡一觉，安睡无梦。

那一定是三个月前的事了，不，比这更久，因为是他在伦敦时事情才真正开始的，或者也许是那个时候他才意识到受到了如此重创。那天非常热，根本不像是在五月，从窗口望去，街道就像拥挤不堪、冒着烟的酒吧。当时空气流通肯定很糟糕，因为人们靠着栏杆停下来，大口喘息，就像在医院走廊里。他离开旅馆，要去泰特看德库宁，这与他刚读过的一首诗里的"门口的贝克特"很押韵①。他最近开始有此爱好，起初是想给客户或是公关部门的同事留下好印象。"泰特的德库宁"听上去不错。可是这也存在着一种被渗透影响的风险，即他会发现自己在一幅画前站立很久很久，然后会时不时地去书店，然后开始相信诗歌。

他是在周日的英国《独立报》上读到有关德库宁作品展的消息的，当时他躺在家中的床上，翻到了艺术版面。其实当时是周一，不过感觉像是在周日晚上。艺术专栏翻阅了几分钟后，"交友"版块跃入眼帘。他很讨厌它，这和《周日论坛》上的"家庭关系"栏目一样讨人嫌，尽是某一家的某个成员吹捧另一成员，极尽溢美之词，掩盖真实。他知道窍门。他知道有个人曾经在上面表述过观点，他本来是想进行一番分析式的叙述，可是栏目组的人却通过删减词汇竭力改变了语气，反正他是这么说来着，总之托马斯是不会相信的。他碰巧知道那个人已经好多年没和他哥哥说过话了，两人之间成见很深，弥漫在彼此之间的怨气浓重。托马斯对德库宁了解甚少，事实上是一无所知，如此承认他倒并

---

① 指他要去泰特美术馆看德库宁作品展，泰特美术馆英文是 Tate Museum，这和"门口"一词 Gate 押韵。

不介意，不过他喜欢这个名字，还花了点儿时间认真阅读文章。他查了一下日期，决定下次到伦敦时去看看。他觉着这些兴趣纯属爱好。

于是此时他正在地铁里，阅读自己在机场买的低劣惊悚小说。连他妻子的冒险行为都比书中被谋杀女子的经历更扣人心弦。他不时地抬起眼睛查看下一站信息，他记不住那些站名，这让他看上去像个外地人。他就是个陌生客。

上个月他陪父亲去过医院，按理说他要替家人弄明白各项检查的结果，了解病情究竟如何，可是他尽可能久地躲在候诊区，不想被告知各部位的病状，也不想听父亲唠唠叨叨，听他哀叹十年前身体没那么多毛病的。在出发去体检前，他还挺关心父亲的，并提出要为老人把早餐送到床边，不过，当然了，父亲坚持起床和他一起用餐，占用了他的私人时间，还让他提着那件上好的大衣，让他在自己的孩子面前像个孩子，不过孩子反正对谁都不在意。最近他常常做一个新的噩梦，梦见大衣的衣架不停地撞击卧室的后门，告知父亲正从上面向他们走来。

在医院里，父亲看着房间另一头的男人。"真是叨叨个没完。"

"我不知道这事，"托马斯打断他，然后笑起来，想驱除这不快，"也不想知道。"他竟然敢吓唬老人。他差点儿因不想知道而伤感。他知道老头儿的邻居灌了两瓶子热水上床，却把门窗开着透气。这事很重要，他当然很清楚，有人告诉过他，提起过很多次。假如老伴还活着，老头儿准会告诉她这些婆婆妈妈的傻事；很可能是她最先说这些事的，现在他就重复地对着真空提起。他还被告知过很多其他事情，都是琐碎小事，它们堵满了他的思维空间，叨叨出来能消磨时光。他脑子里尽是这些没用的信息，真需要一个个人的头脑疏通系统。当脑子里塞满无用信息时，你能不摔跤吗？难道衰老真的就意味着脑子里尽是回忆，而不是期待了？

他父亲把一座村公所小屋改造成了近似于平房的建筑，因此托马斯也一定能做好公关工作。他要抓住一切机会拓展自我。还记得那个勇敢的男孩吗？当公交车司机奄奄一息时，他跳上驾驶座，及时踩下刹车，制止了一场灾难。事情还上了电视。人们对他怀有期待，可他显然不可能再如此勇敢一回了。话说回来，他不会再重复自我。同样，托马斯也做不到。托马斯失去了自己的公关能力。在病房里，大家忙着要把父亲抬上床，还有很多检查要做。在紧张等待期间，老头儿不停唠叨，托马斯根本不知道他在说啥。他就是个陌生客。

到站后他下了车，走进美术馆，这时他看到一个女人在周围优雅地漫步，长裤紧贴着她的身体，就像丝绸贴附在女人身上。他情不自禁地要盯着她看。其实他很乐意走出德库宁展。画家既没有让他不安，也没有让他愉悦。他走进咖啡厅，这时他留意起自己的口音——英国和爱尔兰的关系你可说不清楚，最好别起冲突。他为自己感到难过。还有比这更糟糕的孤独吗？他正在走向坟墓，等着自己的名字被刻在墓碑上。他当然是个公关人员，可这又能代表什么呢？在他年轻时，他在的那个教区有个女人失踪了，那人不太正常，丢下了一个比她还不正常的弟弟。后来来了一份电报："玛丽·贝尔小姐一切正常，就在比利时。"她弟弟几年来像符咒一般不断重复这句话。有一个和他年纪差不多的男人，后来成了欧洲人，说他看到玛丽·贝尔本人了，在布鲁塞尔，穷困潦倒，已经六十岁了。他决定不把这事告诉其他人，除了托马斯。最好是让邻居们都觉得她一切正常。托马斯真希望那人没告诉他这事。

喝过咖啡，托马斯前往约见地点。客户希望能在爱尔兰打广告，那里的经济不错，报纸上是这么说的。他想做个太空主题，不知托马斯怎么想？托马斯是如何看待太空问题的？他是这么认为的，他连自己的客厅问题都解决不了。那位客户曾经在爱尔兰生活过十年。他问问题时富有经验，有一阵子时间，托马斯感觉良好。制造愉快的技巧包括尽力向陌生人解释自己国家的政治，并省略令人不快的事实。这在柏林和耶路撒冷是允许的，在那里人们都明白根本没有所谓真实存在，所有的真实都取决于视角。在那位客户的办公室里，有那么五分钟时间，托马斯像那些城市，或者像贝尔法斯特的市民一样地谈着话。夜晚在旅馆里，在陌生的国家，你可以画画地图以标示你出生的地方，以此来显示那里与都柏林和边境的关系。他们不会知道你其实连国家的形状都画错了。

那位客户很像他的姐夫，姐夫得了肌痛性脑脊髓炎，卧床的那些年让他显得年轻。难道客户也得了这种病，还是他本来就很年轻？这家伙对爱尔兰有多少了解？老天哪，他知道这个国家正在种植盆栽植物吗？托马斯上次去中部地区时就注意到了，他当时住在一家潮湿的旅馆里。他很快就不必担心牙齿掉了，反正它们早晚得掉。年轻时他总是干劲十足，眼前有大把的时间，他本可以成就任何事，可以当基佬，也可以轻飘飘。

"我们会努力把事情干成的。"客户说。

"是的。"托马斯说着扣起大衣扣子，合上公文包，倒退着出了门，生怕正面对着大门。赶紧离开，他想，我可不想真的变成一只鸟，我只是想飞走。

到了街上，教堂钟声敲个不停，好像要连续进行半打葬礼。一位街头歌手声嘶力竭地动情歌唱着。如果她这是在真实舞台上，还会有这般热情吗？托马斯以前常有这种打不垮的、不依不饶的想要征服下一个目标的渴望，想要得到下一个重要的工作，想要遇到关键人物。他还真遇到了，可问题是当你认识了一大群人后，你就知道有更多的人生病了，有更多的人去世了。他曾经工作干得不错，非常出色，出色到遭人恨。他不需要那种卖百科全书的书贩子对没钱的退休老人的廉价同情，即转念一想，对她说这书你买不起。假如房间里有个不时还能派点儿用场的男人，不消两秒钟他就会抱上去，还不许其他人靠近。这会儿打到出租车都算是一桩成就。要是他叫到了一辆车，也许他会一直坐在里面。还没打到呢。

托马斯看到教堂，侧身走了进去。他把方才的那些谈话抛到了脑后，就像那是很久以前的事情。那里依然是老味道，依然如此安静。这正是他需要的。安静，纯粹的安静。他一辈子讲了太多的话，在工作中他把沉默视为浪费。讲了那么多的话。那里依然是同样的氛围。他坐在后排，睡着了。如果他就此断了气，人们就会在家里相互窃窃私语，你听说了吗，他死在教堂里了。那样很不错，不是吗？

有点儿偏僻

她轻松地辞掉工作，放弃了安稳有序的生活，对此她自己比任何人都感到惊讶。这是一种牺牲，不过感觉上不像。露西·斯基普斯托是要去照顾她鳏居并退休的商人父亲。那里靠海，爱尔兰西海岸的那片灰蒙蒙会在她脑海徘徊不去，冬日的潮湿更会渗入她的骨髓，可是一出太阳她就会觉得脱胎换骨。有时候海天一色，大海幻化成云朵，而灰色的云层宛若海草。满天的白色泡沫洒遍视线能及的好几英里范围，让人仿佛置身仙境。露西不该这么轻易就回去的，她应该更专注于自己的工作、公寓，还有生活，可是某种不同于歉疚的情绪促使她这么做了。

朋友们会接管她的那些房间。工作始终会有的，她的推荐信上尽是赞美。生活也可以等一等。还能有什么要求？各处都有情人，总是麻烦大于用处。她在哪里都会找到乐趣和朋友的，因为在哪里分享欢笑、互相聊天，又有什么不同呢？她就这么对自己说。她才不愿意老想着没准待不长呢。当斯基普斯托先生脑子里还没想过死亡、身体还没感受到死亡之前，她就已经设想过那场景了。露西是特别幸运的人，在她母亲去世前，她就对母亲说出了想要说的那些话。她需要对斯基普斯托先生说点儿什么，至少得试着说点儿什么。

她尝试了，可是他不习惯倾听别人诉说，更别提听女人说话了。他一生都在做生意，时间只关乎盈利或亏本。他本该建一座煤仓，用来投资，不过人们没准儿会嘲笑他。反正他肯定能寿终正寝，而露西会照顾好自己的。她为他做饭、开车、洗刷、购买食材，他们俩住在不同的街区，就这么一天天、一周周、一月月地过去了，斯基普斯托先生的日子一天天少了（露西的也一样）。

她很开心地重拾旧爱好，并发现自己的技艺比以前更加纯熟。她在室内画大幅的油画，有时候画布比她人都要高出一英尺。她伸展画笔描绘出星辰和鸟儿，或凝视着黄色的荆豆，觉得它们似乎过于黄灿灿了。每次完成一幅画作，她都会久久地微笑。

最初她只是在独自购物时才买画框。后来她和父亲一起挑选。再后来，斯基普斯托先生干脆替她买，倒不是他有什么正经的目的，而是因为假如不用画框，画画就没啥意义。有一次，他看着她房间里的几幅油画，很惊讶居然有那么多画作。露西喜欢油彩的味道，那味道会逗留很久。她很少思考个人生活。

当父亲的兄长去世时，她有些兴奋地准备去参加葬礼。她计划在都柏林她自己的旧公寓里住一晚，然后乘船去霍利黑德，再乘坐高速火车去伦敦。她约了伯纳德在返程时见面。她要离开差不多一周时间。她一点儿都不烦葬礼，毕竟她和伯父并不很亲近。

公寓有点儿吓着她了。她站在门口，想着自己居然在这些房间里成长，真是奇怪。她在这里经历过喜悦、爱，还有孤独。往昔的生活变成了有生命的东西，仿佛从天花板的各个角落俯视她。朋友们把公寓维护得很好。大家一起去喝酒。到处都是人；露西喝醉了。那些朋友都是往日结下的，她记不得当时的情景——真滑稽，一个人有那么多的往事，可它们只汇成了一个历史。大家都来看她，从乡下赶过来，她有点儿担心，怕自己没准儿在干蠢事。真是这样吗？她担心可能是的。

有好多人，太多人了，她不知与谁说话。她可以随便找个人聊天，这些人中的任何一个，要做的事情多着呢。真棒！她一生中有没有吻过陌生男人？或者被陌生男人吻过，还有呢？有没有她自己采取主动，不顾被拒绝的可能的？她有没有买过丝绸床单？当然没有！在那些对肉体关系很随意的人中间，她觉得有些尴尬——可以感觉出来的，他们的身体擦过彼此，都不说"借过"就绕过去了。她回到客房，很快就睡着了，不想让自己想得太多。

上船离岸后她感到放松了许多。她和一年前的自己到底有了什么不同？怎么感觉那么奇怪？难道她变得怪异了？她本该有时间思考的。她觉得想想绘画没什么用。

船上散发着不久前别人留下的呕吐物的气味，不过这一程风平浪静。露西买了卧铺票，同坐的都是单独旅行的乘客，那些人都身居要职，拥有豪车，以及豪华的一切，与移民和嘈杂的谈话声保持着距离。她每次乘船都能看到类似的场景。移民们总是在聊天，喋喋不休，老是担心自己做了错误的决定。那些沉默地展望未来的女人都不是移民。每次乘船都能遇上这类人，她们竭力保持镇定。露西读了一会儿书，又睡了一会儿，还感到有些宿醉。她喝了茶，又开始读书。她暂时不想多思考。

两个男人大声交谈着。信心满满的样子,她有些苦涩地想。她干吗在乎船上有这样的男人呢?难道他们或其中一人跟她曾有过交道?他们或他怎么看她呢?其实,他只看到了她身为女儿的角色。他并不了解她,不过他觉得无所谓。他们,这两个人,根本就没注意她。他们已经过了留意每个女人的阶段。最近他们只留意那些他们觉得在干正经事的空当不必太费心就能得到的女人,这种机会现在对他们来说并不多。

露西上火车时心情很好。旅程越发轻松起来。她看着英格兰在窗外掠过,尽量不去想克鲁郡或切斯特的萧条。不过也许火车站给人的是错误印象,也许克鲁郡里到处是相爱的人,也许离开了车站就会有狭窄的街道和温馨的客厅。她喝下味道糟糕的加工茶,即便带着茶包也不管用,因为杯子里的东西是预先装好的。她应该想到带水杯。可难道她真这么老了?她看上去不错,整体都很好,尤其是脸。也许身体做动作时有点儿急,有时她应该矜持些,没准能显得更优雅。

到拉格比,上来一家人。那个小姑娘坐在她身旁的空座位上。车一站一站地停,人们上上下下,露西没有和任何人交谈,不过小孩子很无邪。

"能让我看看你的书吗?"她问。翻看书时她发现故事很可怕,讲的是传教士和上帝冲一个黑人异教徒小男孩发怒。那家人都是虔诚的基督徒。小姑娘并不信任她,好像感觉到露西对那个故事心存疑虑,便溜到父亲身旁的另一个座位上。稍大一点儿的孩子朝小姑娘"嘘"的一声示意别打扰他,因为他正在祷告。于是小姑娘又回到露西旁边的座位。

难道露西能说点儿什么让小姑娘对她有亲近感吗？她觉得自己对这些人，对这些父母的愠怒越发强烈起来，他们什么话都会对孩子讲，尤其是以上帝的名义讲，还因为他们是父母，而她，露西，什么都不是。她的什么都不是让她沉默。她干吗要在乎呢？这些人和她又有什么相干？还有孩子们呢？

后来那位母亲大声朗读起故事来——黑人异教徒慢慢地看不见了，他得到了基督徒的帮助，但尽管如此，他的眼睛还是瞎了，可是"这样不是更好吗，亲爱的，认识了耶稣，哪怕失明也比当异教徒好，不是吗？"管你说什么呢，你们这些可爱而有逻辑的成年人。那个小孩一副惊恐的样子，不过她将来没准儿会放弃自己的工作去照顾别人；没准儿也会杀人。

尤斯顿车站很有节奏感地渐渐近了，火车和伦敦就像两个人相互朝着对方奔跑。旅客们烫着了似的从车厢里跳出来，朝出站口冲去，相互都不会碰撞。露西对车站的这一幕并不陌生。她常去伦敦，事实上还很喜欢这个城市。她也很开心可以下车了。当然，这是最后一次她能感到的释然。三个叽叽喳喳的人把旗帜举过头顶。露西经过他们，好奇地转过身，她知道已经听到了什么——是热烈的欢迎辞，这类话总是会让独行的旅客感动震惊。他们是在欢迎基督徒。她很失望。她看到了来接她的人，便上去握手，然后出发前往殡仪馆。

"你父亲还好吗？"

他们干吗不直接说他的名字？

"还好。"

"你一定觉得那里有点儿偏僻吧？"

"不,还好,我在画画。"

什么话啊!

那个来接她的是爱尔兰人,但不是来自都柏林的。他朝着遗体走去,手插在口袋里,就像乡下人在周二穿上了礼拜天的西装一样别扭。他的脸色不是那种心脏不好的青灰色,而是一种本色的红,红得比离这里上千里数百年的人们的肤色更深。他一脸敬畏和谨慎的表情让露西感觉不快,可是她明白自己无权干涉,这就像是他的胜利时刻,身为一位伦敦的爱尔兰人,他此刻正站在一位死去的同乡身旁。

她的伯父就这样躺着,像是在嘲笑她,模样很像她父亲。此时看到眼前的他,她仿佛能清楚地听到他在说话,带着温柔的伦敦腔,在往日的家庭聚会上劝说她母亲别太较真。他是很狂野的,还有一个很配他的酒窝。

他们走出冰冷的屋子,朝远房堂兄的公寓走去,露西要住在那里。亲戚们正聚集过来,被井井有条地安排住在这里或那里。现在遗体瞻仰已经结束,她可以看看伦敦景色了,总归很不错。

堂兄要安排一些人吃晚饭,太晚了没法取消,所以送葬人和客人就混在一起。一种懒懒的局促感让大家难以畅所欲言,不过露西可不在乎——她能自得其乐,因为既然已经远离了自己原先的生活,她就能有暇审度他人了。方才那个男人就坐在桌角,她这么想着,不过并不确定,因为她确实没有立刻注意到他。后来她与他交谈起来。她遇到过比他善谈的人,也遇到过没法聊天的人。有个露西之前从没见过的亲戚打断了他们。

"你父亲来不了了,当然了,他有你在可真好。"他语调悲哀，有些愠怒，声音很轻，天知道他在说些什么。

那个男人，叫德斯蒙德，德斯蒙德·帕尔曼，他走开了。

"你搬到乡下，感觉还好吗？"那亲戚继续问道。他什么都知道，这人是谁？

"我是你父亲的堂弟，之前搬了家。你记得弗朗西斯和凯文吗，一起度假的？他们是我儿子。当然，那时你还小。他们现在是律师和医生了。"

"哦，是的，我想起来了，这会儿有印象了。"

他没提另外一个儿子布兰登，难道他出了什么事吗？

那个男人，德斯蒙德，德斯蒙德·帕尔曼，又回来了。

"你这几天会有一些社交活动吗？"他问。

"我以为自己已经在这么干了。"

他们笑起来，那个搬了家的堂弟走开了。

"不，我的意思是，真正的那种见面聊天。"

"也许后天晚上吧，我和伯父不算很亲。"她差点儿忘了自己此行的目的。

"后天晚上？干吗不明晚来我家吃晚饭？如果你只待几天的话，后天晚上就太迟了。"

"行。"

亲爱的德斯蒙德，我想写信把我的感受、我的回忆告诉你，可是我不能这么做，因为我明白你我的感受不同。你说在这些事情上女人受到的伤害更大，或者这话是我说的？我要是这会儿写信给你，就能告诉你很多事。我可以让你回想起自己曾经对我说过些什么，当时我说我不习惯做这样的事情。确实，我也许不会做——不，先不说这事，我干吗不做呢？因为我并不觉得害羞，也不感到害怕，我没有必要找借口的。我们并不知道我们并不了解彼此。你也许觉得我的记性太好；我得说记性就是没有能力忘却的恶性悲剧。

露西享受着晚餐，酱料里有一股葡萄酒的味道。四周还有音乐；他喝的是白兰地。他之前也是如此，可又不对。嗯，也许吧，也许有几次是这样的。他们笑着，他说起自己带母亲回爱尔兰的经过，说自从母亲二十岁离开那里后就再没有回去过。露西能看到他描述的画面。他开车带母亲到城里转，由她引路，她说这里得停一停，看看那位邻居是否还健在。他们婉转地询问。于是那位七十五岁的老妪就对着田里喊："约翰，有人看你来了。"在生命的这个阶段，已经没有嫉妒的位置了。约翰放下镰刀，转念一想又拿在手里，他不想显得太热情。他和德斯蒙德的母亲都八十一岁高龄了。他停下手里的活儿，把一捧杯状的草放在沟渠上。他眯着眼睛看看她，用仿佛二十岁的声音慢悠悠地说："是你吗，芭比斯？"然后他走过来吻了她，满是皱纹的嘴唇触碰着她那早已沟壑纵横的脸颊："这事儿我都盼了六十年。"他们咯咯笑着。她后来说道："吻我的时候他妻子就站在门口。哦，好家伙，我猜她会这么想。"当时就在牛棚外面，那里曾经是他们的学校。他们喝了茶，还很客气地拍了照，便告辞了。

"我可以把照片寄给你的。"德斯蒙德说。

"寄吧。"

"这是她出生的屋子。你知道梅奥吗?"房屋前面有一个湖,他母亲曾经两次用手提包拍着自己的大腿说,"美好的回忆,真是难忘。"

露西告诉他自己在画画,还有父亲每天早上都在报纸上读到讣告。德斯蒙德问了关于绘画的事情。她最喜欢什么颜色?画得最多的是人物还是景色?女性都是画正面的吗?她读过约翰·伯格的书吗?她都一一详细回答。这些问题问得真好,是的,她读了约翰·伯格[①]的书。

他们又笑了。他们滑到了床上。她抚摸他,可他只想爬到她身上,进入她。他根本不懂如何做爱,如何亲密。真怪,难道这就是他给她看那些他最近在雅典度假的照片的原因吗?他被女人们围绕着。他想要给谁传达什么信息呢?难道是说我没准儿不善于做爱,可是我一直不缺女人?这种年纪的度假照片!没有太多的爱抚,总之好像没有什么身体接触,敷衍了事的摩擦几下,就是为了能进去。他自己的身体冷得像铁,只有一个部位是有感觉的。这男人还带着母亲回家乡!她试图用手指抚摸他的肩膀,轻轻地拂过他的胸部。太轻了。好吧,那就重一点儿,重一点儿从他的脚趾抚摸到耳朵,吸吮他的乳头。她颤抖着。这简直像是在和一具尸体交流。好吧,既然这是你想要的,那就进来吧。我引导你进来,用身体缠住你,这样你就安全了。他真的进来了,很感激的样子。他想要关灯。

"为什么?"她问。

[①] 约翰·伯格(John Berger,1926—2017),英国艺术评论家、小说家、画家和诗人,曾凭借小说《G.》获 1972 年布克奖。

"因为假如关了灯和你做爱,黑暗就不再可怕了。"

"你西部的家是什么样子的?"到了早上,德斯蒙德问她,温柔地唤醒她。

"有很大的窗子,很安静。"

"那城镇呢?"

她可以在当地的酒吧看周日聚会,可她不想这么做。那天早上不想。郁郁寡欢的人们。她该怎么解释才不会贬损他们呢,关于为什么到了夏天当他们寂静阴冷的生活遇上度假者时,这些人会觉得害怕?在这样豪华的室内,去贬低小看他们是令人不快的。她没有评论这些人,只谈蔚蓝天空、天空晴朗时的景色,还有绿色田野、阳光、服装的色彩等。她的声音在寂静之中听起来似乎有些紧张……

"我又想进去了。"

老天,露西心想。她觉得自己惹上麻烦了。她头脑里密集的云团正在消散,血液流淌,进入了曾经干涸的各处;她少女一般退缩着。可之前她想警告自己的,当时偏偏不听。

她真希望他多说点儿话,既然这会儿是大白天,可是他让她堕落到他自己的层次,此时无须说话(这时她内心对自己发出警告)。难道他要让她再多留一会儿?她也许会对某些事情感到不快——比如说他和她彼此裸露的身体、洗手间在卧室外面、避孕套,还有正在响铃的电话——可是唯一让她担心的是,他是否真想让她留下来?她够不够带劲儿?她再次和他做爱,让他进入,因为当他要求时她觉得很开心。但她感觉到他的沉默从她身上带走了些什么。他本来可以整天看着她,一直看,一边动着,驱赶她身上的不情愿,可是她不愿意回望他。她不愿意,她扭转头去。他不知道自己应该感到被轻视还是受到了鼓励。他宁愿相信是后者,但觉得这样更糟糕。她抽身回来,就像一只蜗牛,把体液也收了回来。她感到一阵空虚。

在他们抵达她堂兄家之前的三分钟,他停下车子,表明自己情绪很激动。

"你这是什么意思?"她大声问道,满脸困惑。

"我不想等到了那里才和你告别。"

还得进行葬礼呢。

德斯蒙德·帕尔曼许诺要在露西·斯基普斯托回爱尔兰之前给她打电话的。谁知道他为什么没打呢?没兴趣?不太可能,从他的话里听他可是很有兴趣的。害怕?也许他觉得情感这东西是八十多岁的人才有的,假如他们能活那么久,到那时还能这么想的话。露西·斯基普斯托有些不安,事实上她很崩溃,她不该这样的,因为她有心理准备,可是"不该"并不等于"不是"或"不曾"。

亲爱的德斯蒙德,也许你打来电话时我正好不在。

露西在安静的尤斯顿车站上了火车。她恨他,满脑子的咒骂和愤怒。她疲惫地睡着了,醒来时觉得正拉着他的手。她从座位上跳起来,要去买茶,想把他从脑海里甩掉,可为时已晚。火车开出英国前,她的脑子里除了他的脸,啥都没有。到了船上,她坐在和之前同样的软座上,与返乡的移民,还有端庄、缄默的女人们保持距离,她都记不得自己是怎么下的火车。

露西努力让自己关注他的缺点……

他很可爱,她想,非常可爱。

那里坐着的女人,离岸一个小时里一直在化妆,她带着三个孩子,都是男孩。她要好好化了妆见公婆,很开心的样子。哪天露西也得想想要个孩子了。

乘务员打发走了两个直盯着电视看的孩子,这可是付费房间。他冲着他们做出严厉的表情,把露西视为同一立场的人,觉得她也是想赶走孩子的,可她之前都没注意到他们。

爱尔兰若隐若现了,有喊大家上岸的播音。露西并不是很想登陆。

这一次返回公寓,她更有回家的亲切感。露西觉得莫名地抑郁和挫败。她希望自己能有某种冷静的控制能力,某种能让她摆脱恶劣情绪的机制。过几天肯定会好的。她跟伯纳德见了面——这人是谁?她定了定神,目光更聚焦了,可还是想不起来。他觉得她很疏远,情绪不佳。

她不想往西边去。在城市里至少还能分心。可她还是去了,因为这样她就不必解释自己为何魂不守舍。

整一个月里她都盼着邮递员来。她觉得很麻木,可同时又感到自己傻得不行。一天早晨,她差不多是在祈祷了。

亲爱的德斯蒙德,我希望能给你打电话,可又很害怕。

我一直等着你写信给我。我没法相信,在我思念你的同时,你会不想到我,而我常常想起你。你怎么能不想我呢?

时光荏苒,季节交替。露西的全部生活就是照顾父亲。他的情况倒也不算坏。真的,不是说他不想理解别人,也许他就是没法理解。她画着大幅的、狂野的绘画,都是正面的女人像。在涂抹最后几笔蓝色或黄色时,她常常念叨那个男人的名字。

德斯蒙德。

亲爱的德斯蒙德,我有时候会想起你裸露身体、很开心的样子,不过记忆越来越模糊了。你的脸是什么样的?眼睛是什么颜色?真奇怪,你本来应该竭力以自己正常的生活给我留下深刻印象的,好怪啊,你本该告诉我你是吹着口哨去工作的,是个考古学家,喜欢10世纪的东西和废墟。真怪,因为我觉得你甚至比我更抑郁。你有胡子、戴眼镜、有头发吗?我记不起来了。

一年前的一个晚上,她打电话了。他听上去有些高兴,很得意,可内心是封闭的,完全封闭的。露西明白了。此后好几个小时里,她自己的声音都一直萦绕耳畔,诸如"露西你这个傻瓜"之类的话,然后她平静下来,清醒了很多。他并不勇敢,反正他是不适合这里的生活的。

夏季十分宜人。到了夜晚,干燥的云朵晕染成粉红和橘色的条状。传统的乐手演奏时并不太张扬狂放,阳光,还有女人们因此而增添的神秘让他们感到震惊。他们改成了慢悠悠的调子,因为回旋曲更适合冬季。露西在画布上画着粉红云朵下的乐手，她的两条腿站得有点儿开。她一般并不关注自己的站相，可是那天早上她在两腿间又感觉到了他，他的整个身体，因此她觉得自己的腿一定得分开。她清晰地感受着他，听到他要进入的需求。她抿着嘴唇，嘴巴两侧紧闭着，眼睛眯了起来。也可以说她在微笑。接着疼痛回来了，她想起了他的眼睛，这可是最糟糕的，因为目光是有个性的。凝望是非常私人化的，露西是这么认为的。

亲爱的德斯蒙德，无论你给了我什么，你其实什么都没给。是我自己给予自己的。你只是我体内疲惫而沉重地漂浮着的微小粒子。

亲爱的德斯蒙德，那是一首意大利古诗里的句子，不代表任何我想说的话。

她父亲在一月去世。他再也撑不到下一年了。他刚离世时，她握着他的手，心像是被劈开一般，而所有她曾爱过的男人女人都从那缝隙里逝去，遁形。

到了二月末，露西打包好所有的行李，准备回都柏林。她不知道那些画作在城市狭窄的空间里会是什么样子。父亲去世后她已经去了都柏林三趟。伯纳德帮她把公寓安排好了。她想和其他人合住，因为她希望自己在重新适应商业社会前先做一份兼职工作。伯纳德似乎是理想的室友，露西把这想法告诉了他。他竭力只表现出得体的愉悦。不过她先要在伦敦度一个周末。

德斯蒙德已经从远房堂兄那里得知了她父亲去世的消息，也给她写过一封信。他对考古学和旧情人之类的事情向来得心应手。她这会儿就要走了，因为自从父亲死后她感觉到了自己全部的身高，五英尺八英寸。她决定不告诉伯纳德，虽然她也不知为何，可还是决定以后再说。不管伦敦发生或没发生任何事情，她都能接受的。此时露西久久地望着太阳落下天幕，坠入海洋，她已经不再对此依依不舍，像孩子拉着裙边不放。在西部，她已经了解了色彩、老人和流亡者。

亲爱的德斯蒙德，谢谢你的来信。我当然很高兴下次到伦敦时来拜访你。其实……

流亡者，不停奔波的人，深深地插入乡村女人的体内，确实令人难以忘却，可是露西早已明白，太阳总是会从另一侧天边升起，会一整天地闪耀在衣裙上。

旅　行

他们在巴黎徜徉，疑惑是否真有上帝，疑惑自己刚才是否真的见到了他。他们在这里待了一天，这一群人，他们代表着自己国家的想象力。当然，他们坚信想象力有一种不完全的存在，否则他们早就心存感激地主动将灯光熄灭了。他们正在进行一次欧洲旅行，至少踏足了其中的几个国家，运气好的话他们还能深情地忆起那些地方。把节日凑到一起过的工薪族会彼此渐渐熟悉起来。艺术家们则闪烁其词，说还是待在家中床上、在性爱中获取一时欢愉更好，说做这样的事，最好要趁金瓦拉的大晴天，不然就干脆挑个潮湿冰冷的日子，省得承受旅行之苦。

可是不管有多少困难，他们依然满足而开心。尤其是其中的两人，那两人最令人意想不到。其中一人是野蛮的小个子画家，此人和其他人不同，看上去比目录册上的照片更年轻，涂抹起色彩的方式没人能懂。她能在这里，要么根本就是个骗子，要么就是个天才，反正这会儿也没有陪审团来裁定，就算要裁定也没法达到法定人数。另一个人是位貌似乖戾、身材修长的小说家，他微笑时能让人感到放松，这是因为他不笑时会让人非常紧张，因此看到他露出牙齿真是能让人长舒一口气。

那位画家准备在外花点儿时间思索一下自己的生活，仿佛这么做能打磨生活的棱角似的,不过她同时也在疑惑该怎样洗衣服,希望能买一个免税的旅行熨斗。她常常独自微笑,尚无法融入热情难挡的群体。她尽量不点烟,因为她的打火机是在免税店里购买的,上面印有"爱尔兰"的字样,还有令人尴尬的三叶草①图标。对一位画作令人费解的画家而言,这个图标很不合宜。那位小说家想和她上床,倒不是因为他性欲旺盛,其实他不太有性冲动,而是因为他觉得干点儿听说别人都会干的事情也许有利于文学创作。

她叫玛丽·艾伦,而他是约翰·詹姆斯,两人在此后的十年里会有若干次不期而遇。第一次是在酒吧,那里常常是那些不那么神圣、不安于吃大餐的人们的见面场所。他当时喝酒飞快,因为内心正愤愤不平;她已经醉醺醺了,尽管之前挺理智,但是不知不觉中被他的架势所影响,有了斗酒的意味,很快就浑然忘我了。他们没有说什么话,相互间多少有些拘谨,她是这么想的。玛丽·艾伦对约翰·詹姆斯解释说自己曾经读过一个故事,关于一群学者去参加一个没有主题的会议,参会规则是只针对自己不懂的事情进行发言。

"你写过这类的事情吗?"

他感到厌烦。

"一时想不起来了。"

此后在餐馆里,他们当中有个人从没吃过芝士火锅,见生肉端上桌恶心得差点儿要吐了。邻桌是两个美国人,他们正大声点

---

① 三叶草是爱尔兰国花。

着菜，要西红柿三明治和苏打水。这让大家感到轻松，因为他们这下可以讨论美国话题，那里的语言尽管字母和他们的一样，可是组成句子就显得低俗，这样大家的注意力就从初尝芝士火锅的人那里转移了。在他们要离开时，另外一桌的客人要了鞑靼牛排，于是那个肠胃虚弱的诗人只能冲进夜色中。晚安。

到了旅馆房间里，玛丽·艾伦开了一小瓶香槟，以为它价格便宜，就产于当地。她没有看到印在上面的小字，提醒价格几乎高达二十镑。她毫不知情，很快就入睡了，连像火车呼啸般连续不断的交通噪声都干扰不了她。在梦中，她想着需要解决的问题。到了早上她洗了胸罩、内裤和袜子，看到它们并排搁在毛巾上，软塌塌的，觉得很温馨。她心满意足地吃了面包卷和果酱。

在约翰·詹姆斯的房间里，他穿上了昨日的衣服，对自己宿醉的气味感到厌恶。这味道很陌生，直入心扉，他对下一章该怎么写毫无头绪。他心情很糟糕，觉得从没如此沮丧过。

所有的作家、画家、音乐家都离开了各自的旅馆，或坐出租或搭地铁，来到书展的圆桌旁，他们要在那里试着为那些无法解释的东西做出解释。可是他们先得穿越上百万本平装书精装本，经过那些毅然坚定的出版商和表情淡漠的译者。他们还撞到了各种将人们隐藏在内圈的展台装饰，仿佛一路上有上百个迈克·泰森挡在目的地之前。那张桌子其实是方的，表面和桌腿都凹凸不平。热烈的气氛令人感到陌生，这让他们情绪焦躁。他们听着别人介绍自己，然后进行三分钟发言，有些人回答问题时透露点儿内心想法，还有一位干脆到宗教里寻求庇护。

玛丽·艾伦正全神贯注地想着如何解决生活中的一个棘手

问题，轮到她发言时非得有人在桌下踢她。约翰·詹姆斯怨气十足，他恶狠狠地、断续地低声咕哝着，想要喝点儿什么。当没头没尾的谈话结束，被无情地抛掷在一旁时，大家走出房间，一边疑惑难道这就是让他们走出家门，将他们拽到机场，登上机舱，在云端颤巍巍地飘浮的事情吗？他们各自逃离，可是又去向何方呢？那天晚上他们会说自己步行去了毕加索美术馆，找到了二手书店，或是遇到了好久未见、音讯杳无的老友。说真的，就算他们从此不再见到地狱这头的那些朋友，也不会有一丁点儿的在乎，但这里不是说这话的地方。

到了第二天晚上，他们在一起吃饭就轻松自在多了，一些人谈起了即将返回的家乡，他们都是短期旅行。他们不停地抱怨，讲了一大堆话，却并不迁怒。这些事情可以筛筛选选地分装在他们各自家中的小小烦恼角落里，主要是关于那里的食物、工作、天气、学校作息、暴躁的邻居等。约翰·詹姆斯试图和两英尺外的玛丽·艾伦交流，可是她的目光飘来飘去，就像公交车售票员，无情地将他的每一次努力击碎。她对他意图的漠视最令他沮丧。他再也写不出下一章了。大家趔趄着互道晚安，都有些意犹未尽，这仅仅是因为还有点儿清醒意识。最后离开的五个人终于钻入出租车回旅馆了。玛丽·艾伦的衣服干了，她要把自己喜欢的折叠任务放到早上做，这是她的习惯。像托马斯·金塞拉[①]一样，她注意到自己脸颊柔软的地方聚集了一些细小的皱纹，那可是最独特的部位。

[①] 托马斯·金塞拉（Thomas Kinsella，1832—1884），美国纽约众议员，出生于爱尔兰，后移民到美国。

他们一起吃了中饭，然后漫步去那些他们都不知道的地方，他们希望在那里能得到善待，不过好像不太可能，因为每个人对善待的理解是不同的。今天大家都要离城了，像闪电般朝远处的各个角落散去，除了玛丽·艾伦，她得冒着这一天的寒冷在潮湿的街道上暴走一番，免得为了一下午的午睡再和打扫客房的服务生来一番争执。她的情绪也很低落。哦，是的，约翰·詹姆斯也在那里，不过他吃中饭时表现很怪异，玛丽·艾伦倒宁愿他离开。他们的关系，从各方面看，变得莫名其妙起来。

"我不喜欢橘子酱，有趣吧？"他说。

"嗯。"

"我说了我不喜欢橘子酱。我喜欢果酱和甜味，也喜欢橘子，可就是不喜欢橘子酱，有趣吧？"

"嗯。"

她不知该如何回答。她想到了颜色，可是作家们也许都不善谈，所以她觉得自己最好说点儿什么。

"并不是特别的'有趣'，这只是事实。"

"确实，难道你不觉得有趣？"他模仿道，"这只是事实。"

有一位北方的诗人曾说："哦算了，它既非有趣也非无趣。它只是事实，你就是这么说的。你知道，人们说旅游增长见识。在我看来，我倒认为它让我们狭隘。"

这话让他们终于撇开了关于橘子酱的讨论。

后来她躺在床上，把自己的生活抛在脑后，才不管那些需要解决的问题。约翰·詹姆斯把自己的衣服扔进了包里。一切准备就绪，就等着早晨出发了。他喝光了冰箱里的全部饮料，觉得口味糟糕，感觉差极了。

他乘坐出租车去机场，在途中看到玛丽·艾伦拉着行李正朝地铁口走。她看上去冷冰冰的。他希望自己能像个正常人一样说话，讲点儿废话，耍点儿聪明，说些能引起画家兴趣的严肃正经的词。他从出租车里挥手，可是她没看到他，当然她也没刻意想看到他。

约翰·詹姆斯乘飞机抵达了下一个地点，那是一个小镇，对艺术家们有莫名的吸引力。他勉强而郁闷地熬过了头一晚的郡议会演讲，想起玛丽·艾伦，决定蓄胡子。在那一周，到了晚上，他在床上设想人们的葬礼——音乐，出席者，此后再去哪里，在饮酒度过阴冷夜晚前是否喝汤、吃三明治或正餐，该怎样来悼念逝者等。这让他不至于无聊，总比想着假如赢了彩票该怎么花钱要高尚许多。

接待约翰·詹姆斯的是个特别神经质的英国女人，她的个性很有趣，独特之极。她貌似脆弱，很容易受惊吓的样子，却因为丈夫不欣赏自己的诗歌而离开了他。她把诗歌拿给约翰·詹姆斯看；很糟糕的作品。到了第三天早上，也就是他那场不设主持人的特别读书会结束的第二天，她带着他去附近的丘陵地带散步。他们很少谈话，不过都尽量稍稍闲聊几句，免得陷入沉默的尴尬。他很喜欢观察她，因为这让他想起了某个人，他一时想不起来究竟是谁了。返回途中她带他去见了邻居吉尔，此人从往日的奢华生活中逃离，现在隐居在某条巷子里，这种街巷在各个国家的很多地方都大同小异，能够承受巨大悲哀又不至于自杀的人都喜欢这类小巷。吉尔曾经是位知识精英，终日忙得浑然无我、麻木惘然。时时刻刻都有新事情发生，他都忘了自己的年龄。在地铁或是地下的什么地方，他看到一个女人正在读关于自己的简介，那肯定是在纽约，文字是英语，肯定是英语，那一年他很少在伦敦。她对那篇文章很入迷，无意中踢到了他，她很不情愿地道歉，连看都没看他一眼。这一打断让她的注意力离开了那篇重要文章，显然他也很是为此分心。

约翰·詹姆斯都不知道到底应该感到难过、崇敬，还是嫉妒。吉尔说话时脑袋不停晃动，这让听者感到疑惑。他现在正在写一本关于时间的书，当约翰·詹姆斯问他觉得要多久才能写完时，他才对客人露出了笑容。他邀请他们留下来吃晚饭，可是女人突然觉得无趣，显得很焦虑，她说："我们约了要和邻镇的另一位爱尔兰艺术家见面的。"

这借口让气氛很凝重，让人觉得这位隐居者似乎不喜欢独处。他们上车前与吉尔告别，吉尔先吻了吻自己那头忠诚的毛驴，毛驴就站在门口，一直观察着周围的动静。

"我觉得毛驴一定很无聊。"约翰·詹姆斯说道，此时他们已经开车上了路。

"女人可受不了被这么傲慢地怠慢，要是这样子还能忍受下去，她们准生不出孩子来。反正我自己是受不了的，幸好还有人愿意。"她说。

她的愤怒很令人意外。看来她并非感到无趣。这时他想起这女人像谁了，其实有三个人和她很像。他的初恋女友，她来自贝尔法斯特，到处流浪，现在大部分时间都用来拥抱各种各样的人，希望能为他们带去和平，而她也碰巧创作糟糕的诗歌；还有一位苏格兰舞台设计师，她最臭名昭著的兴趣是勾引其他女人的老公；再就是一位德国糕点师，此人和他上了一次床，就断言他是窝囊废。随着记忆的展开，他很快就可以进入下一章的创作。他不再需要玛丽·艾伦了。

"我们要见的另一位爱尔兰艺术家是谁？"

"叫玛丽什么的。"

"是玛丽·艾伦吗？"

"没错。"

哎呀，这下好了，约翰·詹姆斯想，她可没告诉我她要来这里。和她见面挺好，既然他算是在千头万绪中暂时安定下来，也不那么焦虑暴躁了。

玛丽·艾伦那一周的情况和约翰·詹姆斯的差不多。她乘飞机离开巴黎，城市消退成一片模糊，明朗愉悦的白昼和干爽寒冷的黑夜交接。她谈论自己的绘画，关于色彩，色彩及爱尔兰。仿佛一切都能与"及爱尔兰"的标签搭配，真是让人喜忧参半。她宁愿两者分开来讨论，因为当她在调色板上调色时，当然不会想到爱尔兰，想到自己是爱尔兰人。前一天晚上她和十来个男男女女一起吃饭，这些人可能都很有趣，令人印象深刻，可是相比之下美食和美酒的协奏曲更令人难忘，完全吸引了她的注意力，结果记忆中那一晚的餐桌上所有人都消散遁形。她期待着次日晚上与那位名叫约翰·詹姆斯的小说家见面。

他说，"你好，最近好吗？"他们很快就相谈甚欢，对共同感兴趣的话题充满热情。约翰·詹姆斯的那位陪同也放松下来，很高兴能在小酒吧里与自己的熟人用新的语言畅聊。她轻松自在地飞快言语。约翰·詹姆斯和玛丽·艾伦相互比较着几日来的经历,诸如旅馆遭遇、厕所清理、太平间积水等。为了避免感到抑郁,他们绕过了朋友们赚钱的话题,并为此默契稍稍沉默。要让谈话逐渐融洽亲密,约翰·詹姆斯能对她说点儿什么呢?"来我这儿"显得过于世故,不,他不会这么说,总之这会儿不行。谈谈观点,这对他俩更适宜。有时候冒险会是好事,哪怕带来灾难。灾难会很有趣,会消除一天的沉闷。可是接下来会心悸,今晚不行。

后来,回到房间后,玛丽·艾伦等了两三个小时,直到觉得差不多该睡了。她飞快地冲出洗手间,就是为了听天空台的新闻简要,尽管她知道三十分钟后还会重播。她应该满足了,她当然应该为离开祖国感到高兴,这样就能暂时抛下烦恼,这只有在离开家之后才能做到。她有点儿开心,但还没达到断离的程度,没法任由事情发生,全当自己是个准人类,一个尚未成形的人。

约翰·詹姆斯在房间里感到困惑,为何自己会喜欢这种莫名的不快感。也许这让他感到安全,这一点很重要,因为他来自事故频发的家庭。

吃早饭时他们得知有一架小飞机拂晓时分撞在了旅馆附近的岩石上,就在一英里之外。没有人听到声响。玛丽·艾伦常常梦见自己目睹飞机失事,她不相信居然没人听到声响。在她的梦中,总是声音先引起人们警觉,再看到景象,接着是一团火球发出耀眼的光芒,火花雨点般从天空落下。这一幕让她在乘坐飞机时很难表现出成年人该有的镇定。她问约翰·詹姆斯是否愿意和她一起走去飞机那里看看,这倒不是因为她喜欢窥探什么,而是因为她觉得既然有这样的机会，就应该看看想象中的死亡是否与此真有什么不同。

他们往现场走，途中植被在眼前匆匆掠过，应该是千年的古杜松树，据说这种树能带来好运，诗歌中是这么表达来着。还有那些野芦笋。玛丽·艾伦想尽快看到飞机残骸，这会儿正怀疑自己这么做是否正确。接着她就看到了，整一架飞机，被半座山大的坚硬岩石擦碰撞击过。居然死在这样的地方。虽然尸体几个小时前就被运走了，但能看出遇难者一共有三人，一女二男，确凿无疑，差不多是定论了。一些衣物散落在地上，有牛仔裤、白衬衣等。玛丽·艾伦想象着他们穿上这些衣服，眼前浮现出红色的高翻领，但这是不可能的，因为飞机是从突尼斯或丹吉尔，或其他什么地方出发的，地名都以T打头，都是炎热地带。假如你知道自己要奔赴死亡，而不是普通日常的穿衣蔽体，你会选择不同的服装吗？还有那里的气味。她没法形容，反正有气味。真的，很可能是能量离开身体的气味，是灵魂燃尽的气味。

飞机很小，但并没有完全毁坏，依然有一个封闭空间，待在里面是有可能存活的，不过这一次无人生还，真是不幸。小山旁边散落着烟蒂，成百的烟蒂，看来有人从不清理烟灰盒。还有地图，是地表地图，不是天空图。难道他们曾一直看着地图，"瞧，我们就在这里"，而这时他们开始向着地图上的这个方位点猛冲，即将分崩离析。没错，就是在这一页上，因为每个地方在地图上都有方位点标示。那里还散落着糖块，普通糖块，至少一看就觉得像普通糖块。之前不是来过警察吗，难道他们得觉得不是普通糖块才会拿走它们？没准儿其中某位死者有个喜欢糖块的朋友，于是他们还拿此当笑话买了一盒糖来作为礼物。全是一个牌子，要是牌子不同的话，也许就是其中一位乘客特别喜欢在咖啡馆、餐厅或酒吧里收集糖块。也许这个人的全家整年都使用各种各样旅行时收集的糖块吧？不，它们是一个牌子的。还有一条黄色围巾，上面是闪亮的金色线条，就在荆棘丛上随风拍动，声音像是晾衣绳上的衣物。这应该是女人的东西，但也许不是，这些人从北非来，那里的男人用的颜色也很花，他们还会在耳朵后面插一枝茉莉花。

玛丽·艾伦想要祈祷，好像不让这些灵魂快点儿离开这片裸露的白色山岩是不对的。她和约翰·詹姆斯站在现场似乎不太合适，他们又不是失事者的家人朋友。那两男一女还没进入身故信息的统计数据中，他俩在那里就像是从死者中生还的。真抱歉到那里的居然是两个陌生人，而非死者认识和熟知的人。

玛丽·艾伦之前想亲临现场，不是因为她想弄明白乘客心里想的是什么，而是去感受这场噩梦会留下怎样的痕迹。她觉得濒死已经足够糟糕，一定就像坠落，所以说坠落着濒死就是双倍的死亡。然而，又似乎并不真的那么糟糕，只是普通的终结，风儿会拂动他们内心的想法，抚慰他们的焦虑。死亡地点和其他的并无二致，不过就是一个户外的生命终结地。约翰·詹姆斯伸出一只手，两人手指交缠，想象着灵魂们返回片刻，要好好地道别。难道这男人是要让她经历一次悲剧吗？也许这就是他们这次旅行的目的，不为了表现什么，而是为了在这里相遇，来发现相遇并非简单的事情，事情要困难得多，一切都不可能有轻松的通道，若能迅速通过，就能抵达亲密。

他们踮着脚离开了现场,觉得应该喝点儿酒。次日上午他们心怀感恩地上了公交车。在车子开过弯道处时,玛丽·艾伦大声地倒吸一口气。那座小山旁边是仿佛揉成一团的飞机,就像毁掉的汽车被丢掷在那里,没有人将它埋起来以免让人看到如此突兀的一幕。

"飞机失事地点和其他地方没什么两样,也没什么特别的颜色。我觉得你能很快适应死亡的,会做好各种未知的准备。"玛丽·艾伦说。

"喜剧诗人或是小说家可以这样,不时地获得温暖,这倒也不是无趣的事情,可是严肃事件会被人铭记,即便只有小部分人。"约翰·詹姆斯说道,似乎在作答。

他再也不想要性爱了,他宁愿做园艺和种西红柿。

照迈克尔的意思

有一次,那是在去年,两个女人在格拉夫顿大街的比利餐厅喝咖啡,想把近三年来发生的各种事情谈谈清楚。她们想先按时间先后把事情理顺了,细细回顾一些事件,梳理相关的一些人以及他们的行为和动机等。这就是所谓的八卦吧。她们这样做是因为要多一些沟通,算是让彼此更了解各自的生活。

在十五年零六个月之前,她们每周六都约在这里,还有其他好友。他们一起吃点儿简单的早餐,喝大量咖啡,还吃月桂卷。大家一起看《爱尔兰时报》,周围人都羡慕他们,因为那一年他们就是风云人物。一小群幸运儿,都能成为站在那幅题为"明晰的思想"①的画中的云朵上的人,迈克尔准会这么说,他是这群人中唯一的艺术生。他们几乎听不懂他的话,不过大家都假装听懂了。

可是那块巨石压在了他们头顶上,有时候还把那朵云给推走了。在满足和令人目眩的成功中,难免会有悲剧和失败。出人意料的崛起,出人意料的陨落,他们当中一些人相互婚娶,有一些女人嫁给了农民(别担心,在比利餐厅里的这两个女人本身就

---

① 《明晰的思想》(Les idées Claires),比利时画家热内·玛格丽特1958年的一幅画作,画面下部是海洋,中间一块巨石,上方是一朵云彩。

来自农民家庭，不至于这么糊涂）。有人结婚后又不体面地分手，仓促得令人怀疑；有人一拖好几年。很多人移民了，给大伙儿的生活增添了甜蜜和酸涩。芭芭拉就是其中的一个，她现在在波士顿生活。

"我好高兴，终于过去了，"芭芭拉说道，她指的是情欲，"这种东西令人疯狂。"她说自己已经一年多没感到冲动，没有难以压抑的激动了。

"冲动难以压抑的时候，你是怎么做的？"萨博问。

"多数情况下，"她说，"我去酒吧或夜总会，喝醉酒，很醉，然后找个男人。"

"你干吗一定得喝醉呢？"萨博问，觉得喝醉对于感官享受来说是种浪费。她以一种屈尊俯就的口吻强调这么做不妥，而事实上她是出于羡慕。

"如果一个女人想要喝酒，喝到第二杯都没人请，那她肯定得一醉方休，这样她就能自酌自饮了。"

"难道你不枉拿社会学学位吗？"

"这些都不会帮你在黑夜找到男人的。"芭芭拉说。

可是这并非萨博方才的意思。萨博的意思是，芭芭拉干吗非得喝醉，她不是有这些学位，硕士学位吗？"

芭芭拉和萨博不同，正如大多数人都相互有着差异。她们来自，或者说曾经来自同一个地方，那是莫纳亨县的一个村庄。在爱尔兰，哪怕各个县相隔遥远，数量稀少，人们必然也来自某个县。不过有些人得说是曾经来自某县。因为这样的地理特征，人们相遇，也许会彼此相爱。其实，正是这种背景让人们相遇，而相爱就是运气和锦上添花。

"总之,都过去了,感谢上帝。我已经厌倦了这种糟糕的渴望,但愿。你呢?"

"我还一直很享受性爱,我想自己是很幸运的。"萨博说着,有些闪烁其词。她重述自己是如何遇到丈夫的,并提醒自己和芭芭拉,说自己的生活有多平静,有多棒,和芭芭拉所说的一切相比,显得有些琐碎,而且还不真实。

可是后来她提醒自己,这三年来,和移民后回来度假的人聊天有多难,因为这样会搅乱心绪,徒增烦忧,那些危险的情感最好还是被隐藏压抑的好。那些情感是萨博一直在寻找的,同时她又希望没有人回来重新提及它们。当然,她的回答一半是真的,这并不是因为另一半是假的,而是因为全是半真。她已经关闭了真实,她不喜欢谈论它们。总之,性爱,以及一切与之相关的,爱啦,甚至调情啦,对她始终是意外,是额外的东西,所以她很容易克制自己的期待。

在萨博年轻时,一到冬天总是在家陪长辈玩牌,而她的兄弟们会去跳舞,或者外出。去哪儿呢?去幽暗的街巷?在路边吗?可是路边啥都没有。跳舞,这她也许能理解,尽管她自己一点儿都不喜欢和动作笨拙的兄弟们跳舞。这一点她完全错了。和大多数人不一样,别人去跳舞只是为了交往,但其实她的兄弟们是这一带最好的摇摆舞者。他们在精确的节奏性旋转中,将自己的各种烦恼都转化为可控的沮丧情绪。

有一天夜里,她得知自己能和大家一起去跳舞。幸好她很有节奏感,不至于跳起来笨拙不雅,也从没当过壁花。嗯,也有一两次吧,不过她觉得这种尴尬的发生仅仅是因为别人没有及时赶到她身边,或者在邀请别人之前没看见她。

几个月后她和一个男人一起去看电影。她还是第一次经历,最近的电影院在十英里之外。电影院里的黑暗令她震惊,可是很快就适应了。那个男人把手臂搭在她肩膀上,很随意、松弛的样子。足足一刻钟时间,萨博才意识到那个重量。天太黑了,她觉得有东西落在肩头。等她明白事实时,一阵从未有过的晕眩恶心袭过全身,她胃里一阵作呕,觉得自己要晕倒了。那个男人一定是被这架势吓到了,赶紧脱身。等他离开后,她很迷惑,不知自己是否应该跑开。可是怎么回家呢?她在城里一个人都不认识,连路都不认识。他带着一盒巧克力回来了,也没再把手靠近她。她本来很想心怀感激地吃一块巧克力,可是她的舌头粘在上颚,自从她离开家后好几个小时,甚至当她把巧克力都扔进火炉后,舌头还停在那里。可怜的男人,他绝想不到那小小的举动会招致这么强烈的反感。

从那以后有很长时间,萨博都避免和男孩子私下相处,可是后来,很神奇的,她又愿意了,能够轻松地与一个年龄相仿的男生约会。她的初吻与其说紧张刺激,不如说是惊讶,第二次接吻令她厌恶,第三次她满意极了。他们俩水到渠成地在田野里躺在了一起,令人吃惊的是,她还穿着衣服,没怎么被抚摸,就达到了适宜的高潮。从此,她性爱生活的地理疆域开启了。

"萨博·奎恩,请找到河流源头,顺流指向出口。"

"好的,老师。"

"不对,香农河不是从利默里克发源的,它源自卡文的白垩山，在利默里克结束。发源和尽头是不同的。请问，你明白了吗，萨博？"

她其实是明白的。她很熟悉尽头，生命的尽头，其中的不可回避性、重要性，她的确不断地努力想要铭记这一点，并为此做好准备。这不，也就是在上个月，米奇·拉尔默和詹姆斯·林登在拐角猛地撞到了一起。詹姆斯·林登本来不该在那条公路上的，因为那是单行道，他应该行驶在主路上的。差一点点啊！米奇·拉尔默口袋里的念珠都被压扁了，可是他本人却毫发无损。他很可能就失事丧生了，别人都说这根本是死定的，他们吓得声音都歇斯底里起来。萨博把"差点"换成了"本该"，直接击中了歇斯底里的要害。大家对两辆车恰好在死角相撞感到惊讶不已，正好从那地方开始，树篱肆意蔓生，光线从洞眼中透出来，将阴影密布在公路上，明晃晃的令人炫目迷糊。居然这事情发生后，他们也没做什么严肃的处理，只是修了一下车门，补了点儿漆，重新买了一对新念珠。哦，天哪！还真亏得老天保佑。

"河流源头是怎样形成的？是雨水，还是其他什么，萨博？为什么河流是朝着某个方向流淌，而不是另一个方向呢？山脉为何会在某地崛起，有何成因？"

"你迟早会了解所有细节的，萨博。"

萨博的父母不断对她进行语言灌输和扭曲，通过倒吸凉气和沉重的叹息，让她明白性的邪恶。他们定下规范，划分标准，萨博无须特别提醒就知道自己必须与新舍保持一定距离，那是村尽头的县议会所在区域，那里的性规范很不严谨。那么萨博最初真正而确实爱上的又是谁呢？他当然来自新舍一带。不过，到了一定时候，萨博自然要去大学读书，天知道她会遇上谁。父母们能做的只能是祈愿了。

在比利的半年里，迈克尔向她求婚，她说别傻了。当时她还没见过世面，也不够成熟，没法好好地做出答复。她对他说，你不可以只是请别人答应嫁给你。迈克尔坚持这么做，并说你可以的，因为你总得有个起点，而在着手处理重要问题前，没有那么多无尽的问题非得解答。不过迈克尔渐渐明白，萨博是真的拒绝他了，她并非只是在调情。有一次他模模糊糊地听说在昆士兰有一座伊萨山，他觉得那是很遥远的地方。

"我不会被那里的美术馆迷惑的。"他对萨博说，他说他一直很想去一个采矿城镇，难道以前她没听他说起过吗？他走后几周，萨博意识到地图上可不止如此填色的山脉。那个夏天她都没留意树木变得葱郁起来，花儿到处被授粉，阳光格外明媚。她开始感受和体验情感的力量。

慢慢地，有人注意到萨博若有所失的样子，然后她结婚了。那是在一个周六晚上，她的室友芭芭拉劝她试着用用假睫毛，那晚她们要出去玩。也许是因为酒吧角落里意外地闷热，也许是她没有正确使用睫毛液，反正她渐渐有了一种感觉，觉得屋顶的瓦片不可阻挡地向地面倾斜。这种时刻人往往会有很多想法，而萨博想到了家庭舞会上有个女人的裤子滑下了大腿。那个女人很郑重地脱下裤子，适时地将它们踢到一张椅子下面。因此，萨博也在眼睫毛即将掉进黑啤酒前把这讨厌的玩意儿——取掉，把两片睫毛放进火柴盒，一边不紧不慢地和别人聊天。那个听她说话的男人从骨子里感到一阵巨大的喜悦。他非得娶了她，而因为萨博不知该如何再次拒绝别人,他们便结婚了。

时光荏苒,孩子们降临,假期一年年过去,书信来往继续,芭芭拉和其他人返乡时,大家团聚。

此时萨博对芭芭拉说,迈克尔第一次返乡时,她没打算见他。她是偶尔碰到他的。当时是周四晚上,她正在商店进进出出地忙得不可开交,忽然觉得有热辣辣的目光盯着她。后来她意识到向自己走来的就是迈克尔,他的嘴巴微微开启。她眨眼看着他,胃里一阵暖意。他们很快地贴面亲吻,旁人若是善于观察,都会闻到一股烧灼味。他们相互诉说了各自的生活状况,一些琐事,诸如配偶、子女、住过的地方、薪水等,然后约了周六10点一起喝咖啡。他俩都竭力字斟句酌,显得淡然平静,可是话语中不经意地流露出突兀、微妙的语调,在街道的嘈杂声中跳脱出来。有人转身看他们,而后自语也许这只是错觉。

那个周六如期而至,两人的亲密弥漫到了黄昏时分,迈克尔和萨博的往昔回忆中充满了确凿无疑的情欲。这种方才领悟察觉的错失感将会陪伴他们一生。

周日,迈克尔返回澳大利亚。萨博知道这事,感到很遗憾。她倾听着天空中每一架飞机发出的轰鸣声。

自那以后,只有一件事是确定的。她觉得所有生命构造后面的实质是空无。每日的例行工作也变得虚无,最重要的是,性爱以及所有指向性爱的东西都变成了巨大的谎言。她的丈夫似乎成了折磨者,尽管他从未伤害过她。他的双手,仅仅是双手,变成了她害怕的东西,他的皮肤变得粗糙扎人,她都不敢想到他的阴茎,一想起来就觉得恐惧。一切都很糟糕。大地干涸不已,记忆成了敌对者。

"这事有多久了,你对别人说过吗?"当萨博最终讲述完这一切时,芭芭拉难过地问道。

"两年了,我谁都没说。"

"你一点儿办法都没有吗?"

"我记得迈克尔说过,我们和罗丹不同,我们无法将身体分割成不同的部分,假装各部分都毫不相干。"

"他可以的。"芭芭拉低语道。

"什么?"

"没什么。"

"我曾经想过要告诉别人,我觉得说出来也许这感觉会消失。我还想过如果告诉你,或许会轻松些。"

"现在呢?"

"我再看看。"

芭芭拉不知道这种感觉是否会把人压垮,会不会慢慢把人拖累了,让人提早被埋葬。

在芭芭拉要返回波士顿时,萨博开车送她去机场。芭芭拉说:"我会给你打电话的,圣诞节时抱歉会让电话铃吵你。"

萨博回答道:"每天都有那么多飞机离开这儿,去不同地方。"

复活格特鲁德

那是贝蒂,如此脆弱的一张脸,似乎从未有过血色,马上会在眼前消失。还有蒂姆,他应该把忧伤的表情抹去,他会找到女人的——老男人们会说她很傻,不该这么屈尊俯就地嫁人,他们知道她嫁给他,长不了的——可他还是会有女人的。还有玛丽,满脸皱纹,仿佛沟渠遍布,她总是假装在为其中一个孩子着想,可这是在糊弄人;她想到父母就会受不了,所以才摆出一副慈母表情。詹姆斯也在,他是从美国赶回家乡的,他焦虑不安地回到了这亦真亦幻的生活中,在这里要拥有什么就意味着要理解它。唉,格特鲁德并没有去世,这总是好的。

孩子们逗留了几天,在他眼前晃来晃去的让他不安。他们给朋友打长途电话,一遍遍解释母亲是如何逝去的,又是如何的不朽。后来他们走了,他和格特鲁德叹息着,轻松了许多。

埃迪·迈克吉文渐渐消瘦下来。他得小心了,你瞧,因为邻居们,还有孩子们都认为他的妻子已经死了,所以他只好买一个人的食物,然后与格特鲁德分着吃。她一直胃口很健,也就是说在他买回的食物中,只有不到一半进了自己的嘴巴。

村里的店老板对他的隔壁邻居说,正如大家说起他时的怀疑口吻,说从他买东西的架势看,他似乎状态还行,丝毫没掉胃口或受影响。不过他还是越发瘦削,这也是确凿无疑的。那个邻居便说,没错,确实如此,他能证明此人胃口很好,因为好几个早晨他去那人家,看到他早餐煮了两个鸡蛋,两个蛋,他自己可从没这么吃过,顶多吃一个鸡蛋。

邻居去他家的那些个早晨,埃迪和格特鲁德的确吃煮鸡蛋——倒霉的是,埃迪只有半数日子能吃到一个鸡蛋,因为店老板太好管闲事,她会猜测如果他依然买相等数量的鸡蛋,那一定是发生了什么事,因为听人说格特鲁德已经死了。在购买面包、黄油、牛奶、火腿,诸如此类的一切东西上也是同样的情况。

埃迪·迈克吉文和别的男人不同。他与格特鲁德初识时,会不时地带她出去吃饭,当时这事情可不一般,当年大家都是在家吃饭的,从不谈论饮食。于是人们问她感觉如何,甜点怎样。他俩走了很长的路,两人都对景色很感兴趣。他们不厌其烦地向对方描述风景,悄悄地从对方的话语中感受内在的意思:瞧那棵树里的空洞,你可以把手放进去;这个山谷一直很潮湿。也许他们超前于时代。埃迪知道有些人得恳请客人们去参加自己的婚礼。格特鲁德可不是这样。哪怕他们结婚好几年了,人们还是盼着能去拜访他们。格特鲁德就像是领航员,哪怕有些事她并不了解,她也能感受;而他天生就是个驾驶员,他从不惧怕开启任何事。当他们老了的时候,他们常常无须把整句话说完,有时候他们会为对方把话讲完,有时候都不必如此。他们一起生活了那么久,彼此都已经无关爱或恨了。当然,他们有时候也会彼此怨恨,成熟的人自然会这样。哪怕人们认为她已经死了,他们依然会吵架,这很自然。当他和格特鲁德吵架时,他会很失态,真的表现很糟糕。他知道邻居注意到了自己的情绪，可是他从不会告诉对方自己为何如此。

在人们认为格特鲁德去世之后的那个夏天，詹姆斯从美国返回家乡。所有的孩子都赶过来，坚持说要前往家族墓地。那天早上埃迪和格特鲁德起了点儿争执，因为她说为了孩子们，他应该去的，这样大家都会高兴，可他就是不明白自己干吗要去，他讨厌墓地。最终她还是赢了。于是他去了那里，站在众多墓碑之间。无论他朝哪个方向站，都得面对这些逝者，他们就像丛林之火般冲着他压过来。孩子们在墓地周围竖起了栅栏，好像担心有人要溜出去一样。好吧，真要是这样，那孩子们就制止了这一切。他们还在墓碑上摆放了古怪的玩意儿，什么塑料花之类的。蒂姆在墓地四周徘徊，大声地读着古老石碑上的文字。他就喜欢参观古旧的东西。真可惜，他以前没有多回家看看，就算是为了母亲也应该多来来的。

孩子们觉得埃迪适应得不好，他显得很疏离，有时候还会自言自语，人也很憔悴。他们常常鼓励他，坐在他身边揉捏着他的拇指，他决定得赶紧表现一下，下周吧。

埃迪清理了旧车库，在那里装了一道门。他得把门装起来，免得被邻居瞧见自己的一举一动。他开车去邓多克，在那里购买所需的一切。然后他在孩子们面前表现出自己很忙碌。他得好好描绘格特鲁德和他自己的生活。板面有二十英尺长、三英尺高，空间足够了。

他首先标出重要的日子，以确保在这些日子之间留出足够的空间。他敲打和钉着标记，主要是为了占掉空间，这样就不必涂抹整块板。其实他并非真正的画家,因此他需要工作指南和秘密的提示。他在他俩建造房子的那一年放上了山楂树树枝,选用山楂树是因为它很稳定。他在每一年的末端放上一根蜡烛,这是为了给圣诞节提供柔光,那时的爱令人难以承受,有时候都会满得要爆破了,可偏偏不爆,只是一点点满溢,让对方渐渐感受到。每个圣诞夜,他们在离开家做午夜弥撒前都会在窗口点上一根蜡烛,并将窗帘往后拉好,以免着火。后来有了电,他们只需打开灯的开关。头一次圣诞节点灯,格特鲁德觉得只要厨房里开一盏灯就足够了,他们就只开了一盏,卧室里不需要用灯泡,可是半年后她改变了主意。在早上做弥撒时,地上的白霜像是钻石般散开,风笛演奏出悠长凄厉的旋律,让他们的后背顿时激起一阵阵寒战。

他从左手边最上面的一角开始干起,画了一个小男孩和一个小女孩。男孩把手指含在嘴巴里,这常常是因为沉思而非害怕,因为他还不知道有什么可害怕的。女孩住在祖母家里。等债务还清了,她终于住进了外屋,那里曾是马棚。直到住进去之前,孩子们还觉得那里很有趣。确实如此。女孩把手指含在嘴里,可是意思不一样。她的孩子们都讨厌她。真遗憾。

埃迪画着不同生活阶段的格特鲁德,他把她画成大约六英寸高,有时候只高出板面三英寸,有时坐着,有时弯腰,有时斜着身子。他从上面开始画,他爬上梯子,从她的脚往上描绘,专心致志地画着她甩出去的手臂,如果他只是站在她面前,就看不到这个角度的样子。他仿佛站在阳台上,看着下面的舞蹈者。格特鲁德是个很好的舞者。

随着她年纪增长，绘画也变化着，她变胖了，更显闲适。他在梦中将自己画在她身旁。他们的身体连成一个圈，头连脚趾，脚趾连头，头连脚趾，就这样不断缠连，就像呼啦圈。他们有时像音乐符号。有时候他的画像背对着她的，显得很困惑。那是她怀孕时，奶孩子时，还有累病了的时候，她面容憔悴，他唯一能做的就是想着她，这确实是事实。他不能和她谈话或照顾她，他只能想着她。他曾在信中向她解释过。他现在也给她写信，问她一些他记不起来的琐事。他给她写信出于两个原因：一是因为这些天她不时离开，很难接触到她本人；二是因为写信解决问题更轻松些。他解释为何在她生病时自己只能想着她，而非照顾她，为何他得不时离开，以免知道得太多。他告诉她，说当她爱上自己时，他曾晕乎乎地四下漫步，心想她怎么可能爱上自己呢？他说与她相爱令他感到被净化了。

埃迪不善上色。他以为会很简单。他的画刷子也不好使。之前，毛糙的大刷子发出嘎嘎声，这声音很正常，画出来的效果也不错。可是这只适用于粗略的部位，他甚至使用了格特鲁德曾用过的火鸡翅羽，即煤灰刷子。他用它刮擦树之间的颜料，让它们不那么浓稠，因为夏天树荫里不可能密不透光。后门处常有光线变化。不过树可真难画，它们差点儿把他逼疯了。他只好不断走出去一遍遍看树，然后回来再画，因为他不能在外面画，邻居们会看到的。这样也好，天气不可能总是一个样子。

埃迪也不善画出景深，不是深度，而是层次，怎么表现远和近。他从正面看能发现问题，可就是画不好。假如他不懂景深，也就不会这么纠结了。他想暂时歇一下，去看看玛丽，买几支画笔。在都柏林人们也许知道怎么调色。

玛丽很拘谨,像要开始旋转的陀螺。他也没想到她会这个样子。他记得试着让她说蚂蚁,而非蚁虫,可是不,她偏偏执拗得很。玛丽决定不被无休止的痛苦拖垮——她的父母曾经如此和睦相爱,她一想起来就受不了,尽管她也不明白人和人怎么会如此相亲相爱。不过,他似乎很不错,是精神上的,并非身体上的不错。就像贝蒂。她用"六月里"这个简述词,而不说"母亲去世时",或者她会说"母亲过世的那一刻",好像这只是转瞬即逝的事情,不会延续。

埃迪不停地说啊说,仿佛话语一钱不值。玛丽一直擦擦洗洗,这样她也许啥都没听进去。埃迪记得那天晚上他把那张印着坎贝尔拍卖的纸交给她,当时她还是个孩子,他说:"读读看,让我们听听你多厉害。"她读道:"近水大农宅,环境优丽。""优美。"埃迪纠正道。她笑了,被纠正时她总是很开心的样子,不像其他人。格特鲁德朝他们微笑着。格特鲁德一笑眼角就起了皱纹。

此刻玛丽正拼命洗刷着,想要把他的声音盖掉。她害怕这会悄悄夺走她的下一个十年或二十年,而她也没有几十年可以耗费了。在穿过繁忙街道时,当他求助般靠近她时,她的手臂变得很僵硬,仿佛被他侵扰似的。不过埃迪告诉她,说相信雪是蓝色的也没错。"是透出蓝色,我也觉得,"他说,"和光线有关。"他还对她说星星是天上的灯,能给我们指路,而星群是天上的各个国度。她洗刷得越发起劲。

埃迪和玛丽在多尼布鲁克集市区的商店逛着。

"就是那栋房子,为了拓宽道路他们把房子切掉了一半,是吧?"他问。

玛丽说:"是的。"简单明了。

"想象一下,他们的厨房本来应该在这里。"他用一只脚轻轻跺在地上。

玛丽叹了口气,催促他快走。每次她自己经过那房子时也会这么想,可是她不想和他进一步交流。若是家里还有人陪他,他定不会是这副样子。她开始剧烈地流汗。他想要买袜子,而她不知怎的买了一条丝绸短裤,上面还镶着人造珍珠。如果她没买下来的话,她没准儿会被他的聊天吸引过去。短裤的边是裁剪出来,而后钉上珠子的,毛边处的线缝订成三角状。她是不会穿它的。不过没关系,这会让他安静一会儿,闭一会儿嘴。埃迪心想,如果她买这样的东西,说明她并没他想的那么抑郁。到了五金店,玛丽先走了,是他坚持让她回家的,他说自己半小时后回去。

玛丽最小的孩子说:"这是陷坑。"

"你知道这是啥意思吗?"埃迪问。

"是'糟糕'的意思。"孩子回答。

"救济所的孩子们得在亲自种过花的花圃为自己挖个坟,于是花圃那里就有了很多坟,这就称为'挖陷坑',我想。"

玛丽转过来身来:"没必要这么吓唬孩子的。"

"我的意思不是……"

那天晚上玛丽在床上对丈夫说:"每到复活节那天,父亲就在田头给我看太阳跳舞。他还拿一面镜子对着阳光,照出太阳舞蹈的样子。我相信了他。其实这是镜子里的碎玻璃的反光,不过没关系,信任他是好事。你知道他还对我讲了些什么吗?关于耶稣离开的事情?"她终于睡下了,心里想着要对父亲温柔些,可又觉得做不到。

埃迪回家了,他觉得内心的空洞更大了。他看着自己的画,尽管知道它应该呈现什么样子,可心有余而力不足。无论他怎么用力推动或拽拉,就是不成。末日,他把那一片标记下来,那天格特鲁德和他是在一起的。他希望末日那天别开始得太早,因为格特鲁德早上的状态一直不好。他们俩希望所有邻居都别在。从他们的表情应该能看出这意思。可是他毕竟不是画家,怎么才能形象地画下来呢?他忙得筋疲力尽,却依然觉得杯水车薪。

拍卖商紧攥着双手,对玛丽说自己确实没法子。埃迪曾找过他,想要把家里的东西卖了,只卖家里放着的东西。邻居们来了,要么是来买东西,要么就是站在他一旁陪着难过,或是打探什么。有些人会在房子里转悠。埃迪开始亲自报价,头三样东西被买走了(拍卖商说他知道是谁买的,而且他们心甘情愿地要把东西还回来)。那是一件同质地的装饰品,是一只曾经在体内装着一个钟的鸟。埃迪对一旁的谢默斯·帕特森说这东西本来是格特鲁德的,是她让自己买回来的。他说,画家们常常这样,会去拍卖会上把自己的画买回来。他总是为第二件物品出价,邻居们就会再出价,因为不这样的话会很怪异。她父亲签了一张支票,此时就在拍卖商手里,他当然没有去兑现。她父亲也没有把东西带走,他自己走了,从此没再出现。

玛丽觉得最令人感伤的是那幅画。她认为完成的部分是很不错的，而且凭着铅笔标记的场景能看出他知道自己画的是什么。贝蒂和蒂姆为此极为震惊。其他人一个个都放弃了，在此后的几个月里，他们查找公路和那些古怪的小巷，最终聚焦在白林查和邓多克之间的公路上。根据买油彩的收据，他最近一定是在那里。人们认为这些公路通往某处，它们甚至是一张图表，有着特定的意义。事实并非如此。它们无非是乱糟糟的街巷，并不指向什么地方，只是用来迷惑那些丧父或丧母或父母双亡的人们。可怜的贝蒂，可怜的蒂姆。到了夜晚，贝蒂能听到相互交谈的声音。詹姆斯没有回家，因为没啥意义，不是吗？

到了晚上，玛丽对孩子们说，耶稣走了。

两段好时光

"让我们享受好时光,"康斯坦斯·霍兰德对老情人说,好像好时光能被预订似的。是两段好时光,以防一段出了错,至少会收到补偿。她三十五岁,成了一个尖酸刻薄的女人,不过有时候她满不在乎。在她想象中自己可以聪明一些,不过在家里她和所有人一样得擦洗锅子。就让生活的严肃征服那偶尔从眼前一晃而过的浮躁吧。

"你要喝点儿什么?"老情人格里高利·达菲问她。

"来瓶上好的澳大利亚红酒。"

"一瓶?"他问,竭力掩藏话语里流露的惊讶。

"啊,是的,一瓶。我们不急的,是吧?"

"是的,慢慢来好了。"他轻声笑道,将惊讶压下去,释放掉。在这种邂逅下,男人一字说错就满盘皆输。也不算是邂逅,不过这事他后来才知道,她也是之后才发现的。也许吧。

康斯坦斯找了张桌子,当格里高利吩咐酒饮时,她盯着他的后背看。他得费点儿口舌,因为吧台服务员一般只论杯卖酒。而且,格里高利对自己要喝那么多酒有点儿心虚。几品脱的啤酒放在葡萄酒边上显得色泽苍白,尤其是最后的一道夕阳穿过彩玻璃窗,把葡萄酒映成了淡紫色。他的背很挺,依然笔挺。她能看到他的侧脸,岁月让他更显成熟稳重,而渐渐稀疏的头发让他的眼睛显得更大更清澈了。

十五个月前他们一起去了澳大利亚。为此他们还做了一番准备,仿佛那次出行并没有什么特别的目的,而只是一次普通的旅行。在打包行李一事上他们配合默契,康斯坦斯当然明白彼此的默契度并不寻常。飞机在他们各自的电视屏幕上以蜗牛爬行的速度移动着。这么盯着看真令人昏昏欲睡,迟早会把他们逼疯的。他们身下面的欧洲大陆已经渐渐让渡给了亚洲,飞机在德里稍稍偏右,向东南方向移动,越过孟加拉湾,最后经过马来西亚。飞过达尔文市时大多数乘客正在睡觉。可是有几位被气流震醒,他们小心翼翼地从后窗往下看,惊讶地盯着空洞干涸的河流、橘红色的土地、一片沉寂。康斯坦斯叫醒格里高利让他也看看:"不急的,还有几个小时才到目的地呢。"

第一周他们在悉尼,康斯坦斯迷上了这个港口城市。她试图要证明什么。这些年来,他们和共同的朋友们在聚会,或者更特殊些,在葬礼上不时碰面,葬礼尤其适合人们对他人彼处的生活生发沉思,但她始终深信悉尼港是世界上最美的地方。别人会选择巴黎、旧金山、莫斯科、西爱尔兰,哪怕雨季也行。还有哥本哈根,他们当中有个建筑师总是这么说。

"再说了,你又了解悉尼多少呢?你以前从没去过。"

"这一生确实以前没去过。"

格里高利很信任她,他自己都没意识到这一点。这也是他答应一起去的原因。此刻他也意识到了。他们找了家宾馆,就在大桥附近,简直就在桥上似的。三楼房间的地面玻璃窗都能看到水，中间那段窗户能看到火车穿越而过，顶部窗户能看到有人正在攀爬桥上的拱梁。一队队的人，都穿着囚徒的条纹服，出于安全考虑被绑在一起。他们拖着脚步，彼此碰撞时发出叮叮当当的声音。她偶尔瞥见这一幕，实在不愿意拉起窗帘，哪怕在换衣服时也不拉。

康斯坦斯和格里高利更适合步行过桥，而不是攀爬桥梁。她体内的骨头变轻了。他们一语不发，彼此微笑着，被各自的愉悦感染。

"假如时光就此停住，那该多美好！我觉得自己就是泛神论者。"她说。

"这个学说包括这些建筑和桥梁吗？"

"包括，不过假如我每天都看到这一幕，我会伤心的。"

"为什么？"

"因为我想永远活下去。"

他们在阳光中颤抖。

此后他们还驾车出行，一次次漫长的旅行。他们看太阳在南巴卡角升起，渔夫们走出车子，抹去脸上醒来时的倦意，准备把船只推出去，而他们正在喝咖啡、抽烟。他们轮流开车，大声说着不同的名字，不加任何评价。纳兰德拉、达博、温顿、贡迪温迪。他们在采矿小镇停下车，那里矿工们正在开采地下矿产。他们一致认为在这个镇上闲逛不太合适，那是工作的地方。土地的红色是因为有矿物质。康斯坦斯对色彩的惊奇和欣赏在此也格格不入。他们开上了前往克伦卡里的路，把一群群蚂蚁留在了身后，它们正在地下的爆破声浪中吟唱着。再次回到公路上，她不时地对这些虫子感到恼火。在都柏林，每到六月她家中就会出现绿头苍蝇，烦人地鼓噪着，嗡嗡作响地奏起夏日将至的号角。

在深不可测的旅程中，风滚草被公路断开，看厌了大小袋鼠的他们终于驶近排列整齐的汽车旅馆。每个傍晚他们都被夕阳余晖笼罩，每个清晨他们都再次驶入笔直的公路。道路拐弯时他们十分兴奋，也尽量不为路旁散乱的袋鼠尸体太过伤感，它们都是没能最后一跃跳入灌木丛的袋鼠。

到了库纳巴拉布兰，康斯坦斯买了一颗火红的蛋白石。一个土著妇女在上面画了成年袋鼠把小袋鼠往一个空心的树洞口里放，目的是为了不让大火先烧到它们。她说自己归属于这片土地。在杰里尔德里，格里高利说："我们可以住下来。"

"永远吗？"

"不行吗？"

"把一切丢下，再也不回去了，包括工作和一切？"

"是啊，每天早晨醒来就对着这样的天空。"

她仰头看，还真的认真考虑起来，这时他说："还是算了。"真遗憾，她心想。

那天晚上都是关于道歉的新闻。一方说一定要正视过去的不公，应该有所表示，消除隔阂。另一方则暗暗担心，认为这些内地的土著居民会带来廉价劳动力，而所有从家里逃出来的孩子就会要求予以工伤赔偿。这些人唯一能大声表述出来的观点是这样的，即这一代人不该为他们并没做过的事情道歉，表达悔恨之意足矣。双方在言辞上互不相让。这场争执会很漫长。康斯坦斯和格里高利继续在地图上大声念着地名。

到了最后一晚，他们问如何前往餐馆，他们在那里订了一桌晚餐。那个苏格兰男人想要对她倾诉自己的生活。他喜欢听她说话。

"你什么时候回去？"

"明天。"

"老天。"

打扰他感伤的向往是很鲁莽的，她决定用其他方式找到那家餐馆。

"他在挑逗你。"

"别胡说，他只是想家了。"

他们那晚吃鱼。明天一早他们就离开了。

到了登机返回时，她头上的那根灰色头发又变黑了。

他们到家时遇到了点儿事。那是当人们问"格里高利在哪里？"时她的回答。她发现自己难以对生命中的好事情心存感激，诸如她体面的历史研究工作、绿树环绕的住所、爱聊天的朋友、没有孩子要养、画点儿小插图，等等。她怀念明媚的阳光、植物、独特的动物、野生鸟类的鸣叫。她渴望无尽的远方。她变得忧伤，早早上床，不停地看日记，好像丢失了什么东西。

"跟你无关，"她说，"是我自己的问题。"

格里高利被她隐忍的忧伤弄得筋疲力尽，他前往科克郡找了份新工作，在那里他结识了一群新朋友，恬然地珍存自己关于澳大利亚和其他事情的记忆。

"发生了一点儿事情。"她依然这样对朋友们说。

他们便去问格里高利。

"这种事情常有。"他说。

大家便不再问了。

康斯坦斯此时看着他。他拿到了那瓶酒。一个睡前故事中曾说过,火山口是两颗星辰丢了个孩子下来形成的。于是清晨和夜晚这两个星辰父母依然在寻找他们的宝宝。这故事一直在流传。她做的是历史研究工作,所以应该明白时间是微不足道的。格里高利毕竟不算是老情人。他们彼此抚摸手掌的时间又不受限制(他应该会很高兴明白这一点)。

"来两个酒杯,我也要喝的。"他说。

当他走到桌旁,阳光已经穿过了彩玻璃窗,照亮了他们的脸庞,带着一抹喜悦的色彩。

车里看车外

那是在漫长周末的开始，漫长周末可以是孤独的，也可以是美好的，也可以是危险的。孩子们和父亲一起去海边的爷爷奶奶家做客。

克里西那天起得很早，有很多烦心事得处理，为一个她其实并不想要的形象克己奉献。不过她得让人们看到孩子们穿着锃亮的鞋子、得体的服装。孩子们还没醒，她觉得头晕恶心，这不仅是因为睡眠太少、抽烟太凶，也是孕产后遗症。只要感受过这种腹部肌肉收缩后的释放感，她现在一旦焦虑就能随意召唤这种感觉，打起精神迎接新的一天。她在鞋子上刷着黑色、栗色、棕色鞋油时，并没有把手放进鞋子，因为她的手太大。老大穿蓝衬衫、海军蓝外衣、牛仔裤；红头发、倔脾气的那个穿淡黄色衬衫、深绿色外衣和牛仔裤；她最喜欢的那个穿白衬衫、铁锈色外衣和牛仔裤。

接下来孩子们要吃早餐，两个大的特别敏感，竭力不显出兴奋激动来；最小的笨手笨脚，最让妈妈操心。她给孩子们梳头，这些头发会让她感到程度不一的心烧灼感，得顺着走势梳理，像是黑色裘绒、红色剃刀、棕色的小卷毛。她总是渴望爱。她希望他能快点儿来，这样她就能停下手，不在头发上捣鼓了。

他来了。她开的门,一切井井有条。当然,她不朝他看,不过透过眼角余光她能瞥到自己前十年的生活,她还闻到了干净的生活味道。那天早晨他一直聊天,因为他一定忘了她是谁。她把孩子们送到车子旁——那车是她此生见过最干净的,让他们坐进后座。他查看车前灯。她的身体探进了他的车里,把孩子们一个个都安顿舒服了,所有孩子,甚至包括老大,他很安静,一直看着她,很开心自己也被照顾到。车内干净的气味让她沉醉,温柔的音乐从漂亮的音箱里流出来,没有一根电线散乱在外面,四周是一尘不染的舒适感,就像身处富人的小汽车里,或是在那些为买下好车而兴奋不已的年轻男人的车里。她整了整孩子们的衣服,拉一拉,放平整,这样她就能多闻闻这味道。她可以坐在这种车里去约会的。老天,克里西啊,你怎么不害臊啊?就为了要这舒服感觉。

她挣扎着把全身心拽出了他所拥有的优越氛围,挥手告别,一边告诉自己:"好了,克里西你自由了,好了,好了。"她还没有明白,人们可以花上好几分钟乃至几天来制定计划的。她走进屋子,家里面的一切用品都似乎失却了发挥功能的必要。她心里掠过一个疯狂的念头,便朝船走去,要偷偷窥探一下,看看自己的几个孩子和他们的父亲如何停好车,离开这座岛。

她看上去不像是躲躲藏藏的样子,她待在候船室里,泰然地看着别人,观察自己关心的事情。一个男人带着孩子们从她面前经过。那个男人并没和孩子说话,因为他关注着车票、安全和时间。孩子们跟跟跄跄地跟在他后面,漫无目的地踱步上了船,根本不明白什么叫乘船航行。他们就是她的孩子。

对不起，先生，那边的这些孩子，他们在我的子宫里长大，把我撑破，就为了能出来。过了一段时间，我的身体慢慢愈合。现在他们要撑破我的心脏，可是哭喊的是我的阴部。和他们在一起的男人曾经是我的丈夫。我想，他始终就是个英国人，比我高一个社会阶层。我们度蜜月时还去拜访他的父母。你能想象是在蜜月期间吗？其实，为了这段爱情我很想见他父母。他之前没有把结婚的消息告诉他们，所以他们起初将我作为他的一位爱尔兰朋友来欢迎，后来我走到屋外的苹果树下，由他向他们解释。这不关我的事。他们和他带我进门，还请我喝茶，欢迎我，我猜想是作为他们儿子的妻子（我恨这样的角色）。他母亲很震惊，不过她还是同情地看着我。就寝的安排进行得缓慢冗长，简直像办葬礼。这样对一位母亲有些残忍，不过我听之任之，因为我被他迷倒了，而且当时都没真正长大。在所有迷倒过后，居然连友好的点头致意都没剩下，这可真让人感到绝望、可怕啊，先生。

一位乘客经过她时朝她看看，他能肯定她在自言自语。她穿了一件黑大衣，围着金色的围巾。她的目光都能把自己的内心刺穿。那一次，她的公婆——这还是她人生第一次有了姻亲——他们给她拍了照，是她和他们儿子的合影。她记不清是谁拿相机拍的。她穿着机织的开襟羊毛衫，长到膝盖，还有四英寸宽的腰带，是那个制衣女工的姐姐编织的，她编了好几百条，能赚钱的。后来那人得脑瘤去世了。这些事实就这样牢牢盘踞在记忆中。事实总是粗糙尖利，无法改变，再是修饰都美化不了。他母亲有些大惊小怪的，不过后来开始喜欢她了。克里西，真是个怪名字。他的妹妹说她有双下巴。她觉得那个蜜月是美好的，尽管也没什么其他事情可以用来比较。

他们回来后搬进了一栋房子,房子是他找的。整齐对称的街道让她一见倾心,好几个月她才认清哪栋是她的家。她说起此事时,好像与他谈恋爱罪大恶极似的,也确实如此。不过这才刚开始。很快她就整天躺着,不是喂奶就是做爱。男人们早上跑出门,跳进车里,一溜烟进入滚滚红尘,欣然地暂时抛下混乱纷争。然后她穿好晨衣,尽量和孩子们昏天黑地地再睡去。有时候他说"今天车子你用吧,我可以搭车的",或是"今天车子你用吧,我用不到",于是她就让车子待在车库里,因为她也无处可去,她得带孩子。那样的日子里,她有时会心不在焉地把玩着车钥匙。

此刻他就在那里,走向上船的步桥。他们也在,她的孩子们,像羔羊一样被领着去见他们并不认识的人,因为有法律规定。

当她说自己要离开"这所靓宅"去改住寒窑时,他说:"我的孩子们不可以带走,不许。"

"我要带走,"她说,"他们是我的孩子。"

她据理力争。然后他说没一个孩子是他的。这就是男人的特权,他可以承认,也可以否认,随他怎么选。于是她说:"没错,他们都是你的孩子。"

这些天他不停地向每个孩子灌输,说他们如何像自己。他是慌了,她想。他们进了船舱,剩她独自一人,百无聊赖。

这个假期他打算一周都不提起她。他父母不会说起她,慢慢地,孩子们也不会谈到她了,因为说了也没人有反应。他会带他们去干净整洁的地方;他父亲的车一尘不染,而克里西偏爱的那个孩子最向往的却是他舅舅车身上的洞,母亲有时会向舅舅借这辆车子用,他就能透过洞眼看公路。那个受克里西偏爱的孩子也明白,他们甚至都不愿意他说起母亲,可还能说些啥呢?于是他保持沉默。克里西的丈夫有各种法子让孩子们忘掉她,所有法子的核心就是钱、整洁,以及其他与整洁相关的状态。如果他向孩子们展示了体面的生活方式,他们就肯定会忘掉她,忘掉不知羞耻的贫困,以及她的顽固;本来,若是她循规蹈矩,孩子们就不会受苦。可是他们忘得了她的梦想吗?他会尽力的。他要在这个假期里成功做到这一点。

克里西能听到他心里的怨恨,那怨恨沉下步桥,穿越候船室,深入到她的骨髓。可是她并不抱怨。在痛苦的日子里,她曾经经过一个小镇,他带孩子们去过那里,孩子们兴奋不已地对她说起过。现在她正坐着火车穿过小镇,真是出人意料。那个名字突然跳出来,撕扯着她的胃部。她疯狂地同时对着三个孩子说话,想把他们吞进体内,这样孩子们就不会被他左右了。返回时,她再次穿越小镇,这次她温和了不少,孩子们朝她微笑,一个悠长的微笑,让她难以忘怀。她朝车窗外望去,极目远眺,想再次把视线填满,那个小镇的名字让她感到头疼。

她从码头往外走。这个穿着黑色大衣,戴着金色围巾,手插在口袋里的女人,她的手指不停摸索,想要在口袋摸到什么,摸到条毯子、一个平底锅,或是个孩子。

天哪,我要是没经历这些该多好。你能想象我会变成什么样,会如何吗?如果你能想象得到,那你的想象力比我好得多。也许并非因为你有想象力,毕竟我记得自己没有孩子时是怎样的,我记得那时的自己。你现在都不认识我,那时就更不了解了。可是,他们并非只是孩子,他们是我的孩子。你确实没错,先生,假如我不那么愚蠢的话,他们本该,也有可能过上不同的生活。可是你凭什么说我的生活是可以被经营兑换成正常家庭的?我隔壁邻居的儿子,他十八岁了,是个素食主义者。有一个星期天,他父亲把他逼到角落里,强迫他吞下一块肉。我听到尖叫声,怀疑他们怎么会是我的邻居,这改变了我对正常家庭的观念。

另一个男人会发誓说那女人对着他说了些什么。

不,先生,我想我什么都没对你说过。

她大摇大摆走过他身边,一脸高傲轻慢的表情。

这样的轻慢是一种生活艺术,先生。要是没了它,我现在就能一走了之,不等他回来就离开,再也不必见他了,这可是重中之重啊。我的宝贝们,我那可怜、可爱的宝贝们。我怎么受得了没有他们呢?不过有一次我在街上撞见我丈夫。我们都差不多停下脚步,刹那间忘掉了七年来的事情,有一瞬间记不得彼此曾经憎恨过。我们相互打招呼,因为话脱口而出,来不及收住,接着我们像被烫着似的一激灵,向两个方向闪开,这才是我们应该对待彼此的方式。先生,我感到懊丧、憎恶,讨厌自己不肯释怀,因为一个丈夫而困在满是天主教徒的岛屿上。

克里西回到家,注意到那些番红花都已经枯萎了。它们平躺在窗口的盒子里,就像紫色、黄色和白色的蜗牛黏液。这景象让她丧气,尽管这显然的一幕早该被消除的。

并无幸存者来诉说这幽暗惨淡的原委,次日清晨,即星期天一大早,克里西醒来时就觉得梦中飘浮着新的东西。她到公园散步，穿着一件红色夹克衫，戴着银色围巾，手里漫不经心地捏转着一朵黄水仙。可是公园里全是男人带着孩子在玩，这些男人十年前的这个时段准是在酒吧里，礼拜天大清早的就喝酒，得喝到正餐时间才回去见老婆。此时他们正尴尬地追着孩子们绕圈跑，笨拙地将孩子放到秋千上，行使父亲的权利。她以前一直不太喜欢公园，不过今天感觉尤其糟糕，比平日的更差——这里成了交换地点。通常调皮捣蛋的孩子都知道大人要在这里干吗，还有一些懂事、隐忍的孩子则从一个闷闷不乐的家长转交到另一个家长手里。就在这短暂的时刻，父母、大孩子们，所有人都竭力保持镇定、得体和不在乎的样子，简直不敢相信他们曾经彼此相爱过。调皮的小孩善于利用这一刻时间，趁着来接他的家长还没开始管教，趁他们还得持重时好好放纵。克里西悄悄走出公园，仿佛这一切与自己无关，她只是个普通女人，星期天早上到公园里沉思何为欲望。

在公共汽车站，一个小孩显然成功地将她的父亲弄得束手无策，那女孩八岁，她父亲四十岁。

"我要告诉妈妈。"

"你爱告诉你妈什么就他妈的去告好了。告去吧。"

你以为他是在和一个身高六英尺的成人对话。

"好的，告去吧，"他捶着自己的胸口，"她让我心碎，这熊孩子的妈，别怪我词不达意，她把她给毁了。"

克里西向外寻求生活积极面的努力看来遭遇了挫败，于是她再次往家走。

她为什么就不能忍受呢？为什么一个家、一个男人对她来说会如此困难呢？她已经为他做了其他所有的一切，有天夜里她坐在椅子上，感觉宫内节育器从脏器内一直灼烧到扁桃体。它本该属于下半身的危险区域，可是她却全身各个部位都在痛。医生在她的肉色子宫里植入这个异物时，不停地与她谈各种政治问题，试图让她分散注意力，别去想身体伤害和疼痛。

她刚遇见他那会儿，写完情书就上床，上完床后接着写情书，把爱随身带着，把爱深藏在被毯下，甚至裹在身体内，这样就没人能从她那里偷走了。她还能怎么更忠诚呢？即便知道他不在，她也会拨打他的电话，就为了听听电话那头的嘟嘟声。难道她没为他生过孩子？为他，当然了，她不可能是为自己的。她还能再怎样努力？他们吵架的头一年，她说她很难过，总是很难过，也确实如此。后来他们再发生冲突，她紧紧地抱住婴儿，不让他靠近。为了抵抗这个健康男人的谩骂，这是她唯一可行的防御。有一次他们步行回家，她求他打出租车，因为她来例假了。他口袋里揣着钱，却拒绝了。他以为她会忘记这事。克里西发现自己已经很难再回忆起曾经有过的爱。每次那个词脱口而出时，她都会眨眨眼，就像火车站电子屏幕上信息一闪而过。继续走下去。有一次她在尘土飞扬的公共汽车上给他写便条，把满脑子的想法写下来："如果你经过这里，你就和我踩过了同样的地方。爱你，克里西。"

等他拿来了离婚文件，她大发脾气，说自己居然没有先想到，或甚至用朋友在伦敦的地址搞到这些文件，说自己本可以冲他骂一声，你这个白痴，我几年前就干过这事了。他本可以严肃认真地去弄这些文件，就在他自己的国家办。她看他的样子就像要避开什么恶心东西似的。要是她,就会不失风度地去做这件事,而后去喝一通酒。

她的孩子们,他们这会儿在哪里?她希望他们喜欢大海,不要怕它。上周老二说:"爸爸那里也有这样的沙发,你可以用来当床的。"

"真的吗,是黑色皮革的吗?是不是有银色弹簧,牌子上面还印着怀孕女人的身体?"

"你说什么,妈妈?"

"没什么。"

"我们还有这盘磁带。"

"是吗?上面是不是有一首歌叫《给我造一个岛》?哈!"

"你怎么知道的?"

她甩上门:我的沙发!再甩上另一扇门:我的磁带!老天,等你们到了二十一岁吧。看看那个角落,我打算让你们站进去,给你们讲讲那位亲爱的父亲。这会儿我不想讲,再过十年或十五年吧,因为我怕会吓坏你们,让你们无比困惑。我是为你们的心理健康着想!不过我会保留好,这个角落。你们到时候会明白,为什么我要闭上嘴巴,管住自己。这个角落,就是这里,假如我们还住在这个公寓里,当然了,假如这事依然很重要。

第一个孩子出生前后(不是老二出生后)的那些星期天里,他们经常外出做客。礼拜天早上首先是可爱的,记忆里尽是擦得锃亮的皮鞋,一切都干干净净。12点和2点间会在某个地方做爱。还有之前或之后的正餐。从来没有母亲做得好,一次都没有。而后担忧会降临到她身上。周末要结束了,周日下午毫无沉醉感,也不会让人感到抚慰。周一的分离就在眼前，她就谁都见不到了。于是她会游说他外出，理由就是做爱后开车出去是有益的。他很想睡觉。第一年，他们不是去 C 和 R 家，就是去 P 和 K 家。第二年，他们经常去 P 和 K 的家，因为 P 也有了孩子。第三年又回到了之前的老样子，因为 R 也有了孩子。C 和 R 与 P 和 K 略有不同，但是差异不大，并非我们所说的个人都是独特的（更别提两人一对的夫妻差异了）。C 和 R 买了更漂亮的组合家具，可是 P 和 K 把购买全套塑料组合省下的存款购买了高级的三合一高保真音响设备。C 和 R 与 P 和 K 都买了餐厅组合设备、洗衣机、用来装结婚礼物的自组装配的组合柜等。克里西坐在那里，觉得头晕。她根本分不清食品处理机的差异，也不懂木头的种类。他们应该待在家里吗？如果是这样，那么 C 和 R，P 和 K 就会来拜访他们，就像受了惊吓的新婚夫妇们会彼此拜访做客，就为了检验自己是否错得离谱。至少在她自己家里，她还能对谈话有点儿把控。

"宝宝的预产期是什么时候，克里西？"

"哪个宝宝？"她抚摸着肚子，假装对方问的是别的什么人。"对不起，是我吗？哦，我啊，嗯，还有四个月。"

她是在谁家？是在 C 和 R 的，还是 P 和 K 的？然后他们开车回家，或者说是她丈夫开车回家。她会看着窗外的礼拜天游客，这些人外出就是为了寻找志同道合的人，有些人成功了，有些人没成功，来回都漏过或错过了他们想找的人，因为这些人——他们想找的这些人——也在找他们，并漏过或错过了他们。从此她再没见过 C 和 R 或 P 和 K。不知道他们现在怎样了？她还会和他们交谈吗？也许又隔了一百一十六个星期天下午了，每对都是。

她的孩子们此时正在那里。

"爸爸要带我们去英国，你为什么从来不带我们去那里呢，妈妈？"

这个问题可以有三种不同的解释，然后再给出真实原因，可她选择沉默。

有一次他们去宾馆见某位经理或是她丈夫的同事。她坐在沙发上，看着玻璃门、车子、行李员，看着人们兴奋、相爱、美好的样子。她丈夫大声谈论着特权和阶层。他在对谁说话？她对这些事一无所知，她只知道自由。经理来了，而她依然望着玻璃门外。灯光，车的灯光都亮了起来，掩映着夏日夜晚。四周的兴奋氛围越发浓烈。

"你说什么来着，克里西？"

"对不起，没啥事，抱歉我得去……"

老天，洗手间简直宜居。赶快漱漱口，要二十便士一支带牙膏的牙刷，难以想象！她希望自己能有两个十便士。她真的有。

她怎么会记得这事，记得牙刷呢？那是一支蓝色塑料牙刷，顶部是拧上的，带着清新的牙膏味道。在旅行中，自然有旅行包、火车、与陌生人谈话、陌生的城市、整洁漂亮的国家、海市蜃楼等。她把牙刷放在包里，以备将来所需。就是这东西，这类的玩意儿，让她离开"这所好房子""靓宅""家园"。说起这些词来，她会一时忘了自己还有三个孩子，想起时又为时已晚。不过这是她唯一没犯过的错误。迟早会犯的。

"你这是逼我考虑要不要揍你。"有时候，这比真揍了还糟糕。她等着挨揍。她还没挨过揍,她渴望被揍。不过她迟早会报仇的。

不过真到了分手的那天,她太累了,只想睡觉。分手对她来说根本不是什么大不了的事情。等一切严重到某个程度,亲戚们开始来看她,就在那天,想尽一切办法不让事态崩溃,一切办法。至少她不再孤立无援。也许他们会让事情早点儿结束?她希望能有勇气请他们允许自己上床稍微睡一会儿,就睡一会儿,别再对她叨叨不停了。既然他们来了,拜托能帮她看一小时孩子吗?他们一来,她就想上床睡觉。记得那个星期天,他们排着队要把车子停在教堂外面,就像任何郊区夫妇一样,都有乡下母亲坐在前排,就在这家男人,即司机边上,而女儿或儿媳坐在后排。他们错过了弥撒,周围一片喧闹(半年前这种事情已经没有了),这时克里西已经熟睡。太阳照在她身上,他们才不管呢,由着她睡,她母亲是同情她的。

她决定打扫厨房,这总比只想不做好,而且现在打扫的念头会自然而然地升起,虽然她明白当自己不受限制时,做家务是愚蠢的。可她又能干什么呢?最终,有时候她整个漫长的周末都会用来自责,理由也挺充分(同时很有自我诊疗效果,能让她不再感到空虚),余下的时间她就又焕然一新了。她自言自语,穿一身白色、黑色、紫色去散步,对着林荫道上的一棵树倾诉秘密,晚间回家途中还会踢踢那些昂贵的豪车。等他们回来了,她有点儿想把小家伙们的脸蛋拧个通红,又有点儿想假装自己离家出走,在街上与他们偶遇。不过她最喜爱的那个孩子会先笑出来,一下子就破功了。

还有，苏珊

苏珊，见到你太好了，我们好久没见，你看上去真不错。真的，我说的是实话，我也想听你这么说我来着。哦，我挺好的，还不错，有点儿累，对生活略感沮丧，只是略感，并没那么糟糕。不过，我是天蝎座的，我们这类人一直会自我调整；没错，我知道这个星座的人据说大多富有创意，但这只在他们没有拼命自我调整的时候。你开始管理家务了，是吧？诸如换垃圾袋之类的，不过没关系，一起喝点儿吧。我要金汤尼，没错，就是它了。老天，真不知道该死的店家不零卖酒有啥好处。啊，曾经有一段时间，我着迷于身体的各种运作，当然了，主要是一些有趣的部位，它们仿佛朝着某个方向发展。如果我对自己肾脏发生的变化更关注就好了。我发现他们毁了这家酒吧，现在酒吧里充满了陈旧的痛苦，有一半时间你都会觉得自己身处棺木之中。你看看酒友，爬虫一般，从人的屁眼里一路爬到扁桃体，你只能看到他的鞋后跟露在别人的洞洞外……抱歉，抱歉，我忘了你是很敏感、很文雅的人。好吧，给我们说说，新工作怎么样；遇到不错的同事了吧？抱歉，我不是有意要念叨你是如何攀升的，能看到有人还在不断努力晋升可真不错。我不知道你是怎么熬过来的，我可受不了那些闹腾。是在爱尔兰语区的伍德拉斯吗？真的！现在到处都是爱尔兰名字,我想它们一定有什么意义,我们和犹太人都坚持说自己的母语。我相信他们走得更远。楼上的年轻人刚刚找到一份门卫的工作,就在文森特医院太平间。没错,我居然想到这事,太好玩了。他的黑西装很有光泽,就像上世纪50年代的牧师。他晚上回家一脸庄重,都忘了怎么跟没有近期丧失亲人的人谈话。他肃穆安静惯了,真是很难进行正常寒暄!有几个晚上,我都以为他要窒息了。我想等他自己面临这类事情时会很有经验的。要不然他就像轮到自己生孩子的助产士——老天,这会让他们对床上的女人有不同的看法!我有没有对你说过,我想全裸地被埋葬。再来一杯?有个聪明的家伙告诉我,你可不能把愁苦浸泡在酒里,因为它们能游泳,不过我想杜松子酒可以浸湿它们的脚指头。给我们讲讲你怎么度假,来嘛,来嘛!想想看!哎呀,你可不能尽是打比方。我每天早上醒来都这么说来着。自1600年以来,韦克斯福德沿岸被确认发生过八百七十九次海难,你难道不知道吗?不,我认为你不知道,这事实其实没啥用,对吧?听着,这和我随时能举出的其他例子一样,都没啥用。你想听歌吧,他们已经唱了半个月了。有一天我想到了海难。你也知道女士和孩子优先的道理,可在这类事上就不适用了,看看死亡和幸存名单你就明白了。你看那边的照片,你觉得就是个女人,可不止如此,她是泰坦尼克号的幸存者,这让她显得不同,是吧?现在你明白了吧。没错,我也是,我以前也觉得她不过是个女人罢了。再看看照片下面的两个女孩,她们不停地换座位,想要做出正确选择。关于什么呢?你一定会问。我去了西班牙北部,没人管那里叫西班牙——他们太想摆脱自己的历史,想要避人耳目地溜进未来——

那里有衣夹子，为了让东西新鲜，每个人架子上敞开的包裹上都夹着夹子，甚至连乐队的乐谱都夹着衣夹子以防被吹走。音乐会真棒。吃饭时盘子上会有雅克·库斯托[①]。我度假回来时，街上又多了一些新房子，真令人不安。不过我不会走到公园里的柏油路上，我走草坪，一贯如此。都柏林不断在变化，我的一个邻居说起这事就很悲伤，她每周至少提起一次，但是你能感觉到她内心其实很好奇，因为你压根不知道到底会变成怎样。整个世界都在变，玛莎，我说，这样说不好，好像我他妈的已经九十五岁了，抱歉我用词不雅，我都忘了得含蓄点儿，就像美国人一样。当然，我指的是某种美国人，我知道那是个很大的国家。连我的都柏林都变化了，而我只离开了一周时间。我最早的公寓已经不是公寓了，成了该死的洛克餐厅。开胃菜就得花费我以前两个月的租金。有一天晚上我坐在其中的一张餐桌旁，是的，并不是只有你才会兴师动众。我坐在我从前的卧室里。当时我一直盯着别人看，因为他们花二十镑吃一点点开胃菜，而这地方曾经发生过我生命中非常重要的事情。你也知道人们通常会对人生的第一次念念不忘。没错，我就是一直在回想，因为我明白事情就发生在椅子腿下面。我没法好好用餐，根本食不知味。你知道他现在怎样了吗？他还是旧习难改，也许这就是为何念念不忘难以转化成现实。洛克餐厅，我们小学里有姓洛克的；我们当时像对狗一样地虐待他们，因为总有人得被欺负。有时候我很讨厌这种事，可是我想从众。现在我能理解为何无政府主义者贴出的标语口号会这么棒，简直

[①] 雅克·库斯托（Jacques Cousteau，1910—1997），法国著名海洋探险家。

就是艺术品。我都怀疑所有这些当年战战兢兢姓洛克的人是否因为被我们欺负才变成今天这样子？其中一人还是我中学同学，她变得很怪，与她谈话危机四伏。她曾经精神崩溃过，退了学。当时我们正在学《学童纪事》，是叶芝的作品。他们教这首诗是因为其中有"学"这个词，连老师都不知道诗歌讲的是啥。精神崩溃也许是明智的。就是这样，我就知道这些。我为什么没提西蒙？啊，真是一言难尽，我以为不说为好，除非我能真忘了这事。真令人扫兴，我对自己感到失望。就此事我叔叔约瑟夫有好玩的消息。不，他还活着，确实挺不容易的，反正没去世。他把西蒙撕烂了，碎得就像火车残骸，我们至今都忘不了那味道。该死的我是怎么知道的呢？我想，要做海员的女朋友可不容易，记得小时候曾听说有个女人准备和海员结婚，据说是船舶工程师，再一问，我发现此人和海员没什么差别。他们啧啧地称赞她有多独立，我记得自己当时心想，好嘛，在没遇到他之前，她就是独立的，现在不还是老样子吗？不过现在我明白大家是对的；嫁给海员是另一种独立的方式。嗯，我知道我并没嫁给他，只是差一点儿嫁了。你从一个人怎么抽烟就能知道他是如何示爱的。西蒙很会玩花样，深深地吸上一口烟，轻缓地对着餐桌下方吐出来，这是考虑到你们这些不抽烟、不骂脏话的人的权益。苏珊，求你别这么严肃，嘲笑也是一种嫉妒的方式。我总是忍不住说脏话，因为我不像你这么优秀，假如你相信……不过，正如我说的，西蒙一定会把烟抽完，哪怕他身体不舒服。快抽完时，他会仔细地端详烟头。他很善良，如果他得嘲笑熟人，眼泪就会涌上来。他一定在海上大声骂过我。不，我不想对自己太刻薄，就为了消除心头的痛苦。

不，我们不合适，他让我不舒服；我得趁他来之前把所有的书本和磁带清理掉，这样他就不会看到这堆吞噬我思想的垃圾了。至少我一直有时间，船都是晚上入港的，很少准时抵达。昨天在超市里我尾随着两个人，看他们争执。苏珊，我当然是悄悄跟的，假如那时我被发现了，又怎样！他们也证明不了什么。这么尾随的结果就是，我都忘了要买维他麦。听听他们彼此的对话！不过至少那两人当月余下的日子里还能让事态恢复平静。尽是一大堆关于家庭琐碎的争执，真是没完没了——你要是让正在关注墨西哥湾局势的男人去倒垃圾，简直徒劳无益。可是他总是自以为聪明，会给我看自己婴儿时的照片，后来我在当地通宵商店见到了那照片，原来只是明信片上的。后来我看到了他写给我的诗，和我曾经在某本书上见过的像极了。他可不像我那样会去读诗歌集，我想他曾经借用了那集子。真是致命的打击。我差点儿在争吵时提起那事，不是直截了当说出来，当然不是，但他马上领会我的意思了，便说那只是开玩笑。真滑稽。这让我觉得一无是处，都配不上下雨天陪着散步。如果只有我一人，公寓里只有我，他才不会布置餐桌，像招待正经朋友那样呢，他只是把东西往桌上扔，让人觉得那是打谷机在干脱粒的活儿。他让我想起自己那些不堪的往事，总也摆脱不了它们。最后，做爱会让我们彼此感到屈辱，而我们谁都没有经验。我想你会觉得海员会有独特的辜负女人的方式，其实不是的。结局和我所经历的其他结局一个样，除了我不必太担心会在哪里撞见他。最后一晚他说他得了疝气，可是我说不可能的，因为他除了脑子啥都没有。那部大电影里的女人就是你想要的，她能演这个角色就是因为老爸有钱，他们也明白大家会愿意去看她怎么个糟糕法。你眼中的爱尔兰也是这样子。那里有个莫纳亨郡的守门员——我知道的,苏珊,那是个女人,难道你不知道莫纳亨和莱伊什的女士们十月份在克罗克公园吗?是的,女的。今晚这里来了格外多的女人,真是莫名其妙。不,就是那个守门员。我为她父母干过一阵子,就为了赚点儿零花钱,当时我还在读书。等她长大了,即便她并不情愿,她还是嫁给了一个天主教徒,蜜月里就生了个孩子。这些天主教徒整天搬家。啊,足球。你见过昨晚电视里那些流浪者队的球迷们吗,他们跳着舞,摇摆着屁股。这让人很想嫁个新教徒,没准我说的是苏格兰人。没错,你说得对,你总是对的。我一直在想,在我记忆中所有的前男友脸上都毫无皱纹,可是每天早上他们都在我脸上深挖出壕沟般的伤痕。你知道我昨天干了什么吗?清洗那些污迹。从此以后再不会有了。我准备振作起来,心无牵绊、无忧无虑地生活。你办的聚会?我当然会去的,不过别给我介绍任何好男人,我想我会自己遇上的,不必刻意。这是你的大衣吗?式样真好。

比阿特丽斯

也许就是那天引发了这样的事情。那是6月里暖和舒适得无以复加的一天，白昼整整长达十五个小时，阳光灿烂。这种日子你会心生担忧，要赶紧将其锁进记忆，以免稍稍关注它就会破碎。这一天，比阿特丽斯·谢利没来由地欣悦莫名。也是，想想这新鲜的空气如此美好，你都恨不得一口吞下去，还有阳光，哦阳光啊，还需要什么理由。

后来的所有日子，她都在思考，究竟是什么原因才会导致那件事情发生，而那件事又是怎么发生的。用含混的"事情"来表述，无论褒贬，都比较容易。自然不会有人指望她会说这件事情是她自己干的，是她导致的。唉，但确实是她。晚会结束时，是她故意站在他身旁的；在西爱尔兰假期尾声时匆匆举办的毫无主题的假日晚会上，他们俩被随意地介绍相识。她正好站在他边上，哦，是的，恰好如此，接着响起了华尔兹舞曲。我不会跳华尔兹，他说，我教你，她说，于是她走近，做出了舞蹈姿势，这时她两腿间升起一股纤细如针的颤抖，呼啸着直冲她脑门，她差点儿晕厥。周身的血液欢腾起来，奔涌在她的血管里。她没有教他华尔兹，两人不知不觉就到了门口，唉，没错，就是不知不觉，他提议一起离开（这会儿倒更容易弄明白是怎么回事），她提议继续留下来。她把着开启的门，搞得像自己家似的，其实并不是；他们各自向对方靠拢了大约八分之一英寸，这距离让他们明白再也没法后退了。谁都不知道是谁的舌头先探进来的。清醒过来时他们已经在他家里了（至少他还带着钥匙），彼此正慢慢地脱去对方的衣服，抚摸着裸露的肌肤，舌头相互交缠，贪婪地吸吮，温柔地舔舐。她的胸部顶着他，感觉有些尖锐粗糙。她俯下嘴唇，亲吻并轻柔地拨弄他的乳头，它们很快就变硬了，他感到震惊。他们彼此抚摸，直到无法按捺；他们用双手捧住对方的脸，互相汲取呼吸，那狂喜的震颤让他们热泪盈眶、恍惚不已。他们紧紧相拥，不愿松手。

可是清晨如期而至。他们匆匆分离，他要去上班，她得参加其他聚会，他们谁都没说话。她吓坏了。

（倒不是说她忌讳发生风流韵事——她很讨厌这个词，听上去像是冷掉的咖喱，而不是这个词本来该有的意思——没人会担心发生风流韵事。其实，她五年前经历的那次就是这个样子，像冷咖喱。我想你会称其为风流韵事；她和他见了两次面，第一次是彼此相识，然后又见了一次。相识那次她有点儿微醺，觉得对方是最英俊可爱的男人，自从……自从……求上帝原谅吧，她和他在车子里就搞上了，唉，也没别的地方可去，反正，她之前从未做过这事，即便当时她都差不多三十一岁了。也许大多数人都没这么做过？他们甚至不嫌麻烦地脱去了所有衣服，除了袜子。那种麻烦，即关注相互身体的细节，让她次日认为此人值得再见一次。她从来没觉得惊讶，也许是忘了，正是她自己坚持要把衣服脱去的。她也忘了他是怎么吻她的，这让她觉得是个坏兆头，不过，人是不可能什么都记得的。

那个晚上到第二次见面，期间她还做了许多事情。先是打电话，写几封信，而后是倒计时等待。她给他写了封信，告知她可以去见他。就是为了弄清楚他的航班。她可不愿意去错了时间，浪费一个小时，或者，更重要的是，在这一个小时里弄得太显眼，被人注意到。她有一个朋友就在机场被人看到过一次；说真的，关注到她的那个女人正好在返家途中，那人刚刚在伦敦偷偷做了人工流产手术，所以三缄其口。不过她还是在信封里装了一个寄给自己的信封。

尽管他的其他信件和明信片都是燃气账单和租房信函等，可事到如今万一被人发现毕竟很愚蠢，所以她附了一个自己写给自己的信封。会被谁发现呢？被谁逮住呢？当然是丈夫喽。没有丈夫就不能算风流韵事了。没错，她有丈夫，不算出色，也不让人激动，但依然是丈夫（当时她年纪小，不会挑丈夫）。

在写信告诉他具体安排前，她又把那些信读了一遍。信的内容又变了；她在其中寻找智慧的部分。他曾经用过"属性"一词，用得很怪异，她得查查字典，她不确定这么用是否正确。可以这么用，这是好兆头。在其他信里，他写了一些乏味无聊的事情，工作之类的——他不会真的以为她会对M1道路上桥梁工程的可能性产生兴趣吧，不过她觉得他是为了把纸张写满，这样他就能写到真正关键的内容，这么做是为了得体起见。真正关键的部分总是以"好吧，比阿特丽斯"开头，然后他会回忆起曾经见面的事情。她只要一读到"好吧，比阿特丽斯"，就会激动恍惚。她记得两人钻进车里彼此对视时的感觉，这事并不容易，真的是需要勇气的,因为你根本不知道这种时刻会在对方眼睛里看到什么。她记得他皮肤的质地,与众不同,丝绸般光滑,就像某处的一段珍贵记忆。总之,她不需要再重新回想一遍了,他正赶来度周末呢。她觉得有点儿猥琐,包括那个没有贴邮票的回信信封,爱尔兰邮票在英国用可不行——我猜你会管这叫航空信封。真是未雨绸缪啊:你不可以用不知自己是怎么想的来解释。等他回了信,倒计时等待就开始了。

第五天　噩梦醒来。睡衣脖颈处被一夜的汗湿透了。哦,天哪,难道我感冒了?10点时好多了,我这才明白是因为内疚。不过梦真的很可怕。12点时一切恢复正常。

第四天　和丈夫大吵一架,也许是我故意失控的,这样我就可以说,瞧!是他逼得我到外头出轨的。

第三天　为了车我大惊小怪了一场。最好是租一辆车,这样就没人认出车牌号了。驾照还有效吗?

第二天　丈夫说他要走了,开车走。老天我是爱他的,他那么好。我这会儿心平气和地订了宾馆,也租好了车。

第一天　离开租车处,一脸阴沉……你会觉得是我不知为了什么目的去租车,为了抢银行,或比这更糟糕。

她见到了他,觉得很窘迫,真的,也很疑惑是否值得这么兴师动众的。机场里有的是真的正经等人的人。有个父亲抱住儿子,他的脸抽搐着,他的儿媳妇也在。啊,他的儿媳,他用力抓着她,表情一下子失控了。她带走了他心爱的儿子,可是他又不能责备她。他是多么喜欢这个儿媳。可是，不，他们不会住家里。他的妻子去世了。

比阿特丽斯认出了那位工程师，她立刻就想，我要喝一杯。他们每人喝了一品脱的吉尼斯黑啤，抽了三根烟。她之前没吃东西，所以这算是她的早餐。她半醉半醒地开车到宾馆，这会儿被自己逗乐了。遇到第一个红灯时她的身子靠过来，嘴唇吻了吻他的脸。这样挺好。他回吻她，接着她就想起来了。一切当然没啥错，当然都值得。可是她再一次忘记了他们到达宾馆时他是怎么吻她的。

他们做爱，他睡着了，真是实诚。其实只是差强人意，她觉得最好还是待在家里。如果他一直很清醒，那她就没时间这么想了。他的皮肤一点都不柔软。她听到隔壁有女人在折磨孩子："你为什么要把我的生活搞得一团糟？我真不该把你生下来，真不该要你，你都要把我逼疯了，你还要怎样？你别认我这个妈了。"她真该起床给爱尔兰防止虐待儿童协会打电话。电视上好像在播放温布尔顿网球赛。不过她也睡着了。

后来他们去散步。真正的麻烦这时才开始。那男人说了某件无聊的事情。他讲话很谨慎。她喜欢谈话，能够让人回忆。也许她能给他一支笔、一张纸，让他写信？至少能耗掉一些时间。一个小时过去了，他只说了一两件事情，都是关于工程的。老天，拜托了，拜托请您让这男人说点儿什么。你以为三个小时很短？唉，如果你百无聊赖，什么都没说，那就是一万零八百秒啊。她很笨拙地找了借口，溜回了家。

小小的情绪波动就这么终结了。他的信比阿特丽斯拖了几个月都不看，因为她害怕看到自己本该知道的事情。一天夜里，她把这些信带出门，很快地浏览。它们有时候像学校的作文，"圣诞是繁忙的时节"，可它们又令人惊讶地带着某种生活的笃定感。当她把信件烧掉时，她努力想感觉什么，可是什么都没感觉到。他不可能这么糟糕。那里还有明信片，蓝墨水在火苗里嘶嘶响着，那个用法怪异的"属性"一词也永远消失了。所以，她其实并没有什么风流韵事。）

此时她感到恐惧，因为一切都不一样了，不同了，无论白昼、黑夜、季节、逻辑、感官。那天是星期四。四天后她回到自己的设计工作中。他们又见了一次面。周五他的妻子来了。那里根本不是他的家，而是他当时有朋友公寓的钥匙，因为那时他正在附近工作。连这都成了一种秘密的启示。因为那是在周末，那么美好的日子，他的护士老婆来陪他一起在海边度假。什么海？比阿特丽斯忘记了自己身后的大西洋。她的丈夫 R 也来陪她了，如果她没记错的话，他们的交谈挺正常。

到了周六的 5 点 1 刻，比阿特丽斯安排在酒吧匆匆见一小时面。她在报摊看到他站在门边，与他妻子吻别，后者显然要去海滩。比阿特丽斯便对丈夫说，说自己要独自去散会儿步，她说得很仓促无礼。她说不会去太久。丈夫答应了。比阿特丽斯跟着他进了酒吧。"啊，太好了，"他说，"我喜欢女人偷偷摸摸的。"他们没有在酒吧里脱掉各自的衣服，因为这种事情得小心翼翼的。她待了一个小时，她看到丈夫经过窗口，表情甚为迷惑不解，便匆匆离开。

次年六月

我整好行李，在彭布罗克和朋友一起吃午餐。她是知情者，所以她开玩笑般给了我这本日记，说这样我就能记录最好和最糟糕的事情，好像我真能这么做似的。我有十天时间，中间的周末 R 会过来。R，即我的丈夫，别，别打断我。火车正常行驶过各站，这让人慢慢镇定下来，可是坐火车总是让我感慨万千。我的整个生活会陷入一团糟吗？我希望不会；又希望会。所以最好别纠结结果。我们还能互相说话，还能好好交谈吗？可最重要的是，我还能开口说话吗，或是因为结结巴巴、张口结舌而干脆放弃，什么都做不了呢？难道我要问，他是否像我喜欢他那样喜欢我？我这么做是因为……我真希望火车到站了。只有一件事我是做了妥善安排的，可是其他的我就不知所措了。我真像个十六岁的卖艺者等着被人喜爱。啊，不！他并不残忍。但愿吧。我是不想说"但愿吧"的。我不相信睡过一次的男人会变得残忍。为什么，我为什么要想这些废话？旅途中我一直想着他见到我时的样子。

我住的家庭旅馆不错，我一整天都焦虑不安，心想要是有五六个孩子让我看管该多好。我要 6 点和他见面，还有的是时间。当时我希望已经是 5 点 55 了，可是才 4 点。我 6 点差 3 分时到的酒吧，他当然不在，于是我去了洗手间，大声地自言自语，和他交谈似的。你要是这样对我，我会死。我真的会死。我知道自己应该说，如果你这样对我，我就杀了你，可是话一出口就变了。我再次下楼，坐在酒吧里，背对着门，兴奋而紧张，心里乱糟糟的。他走了进来，我没法正视他，眼睛热辣辣地发烫。

我的脸泛起了热潮。我微笑着，然后看着他。他一定觉得我很可爱，他的表情示意见到我很开心。我明白自己为何赴约。他没有碰我，但我知道我对肌肤之亲渴望至极。接着我想到，他觉得先碰我是他的特权。我们交谈了一个小时，他讲到了婚姻、房子、一夫一妻制等，说他忙得不可开交。我倒是在心里想，是忙得腿颤吧，便赶紧刹住了胡思乱想。我对婚姻没有他那么焦虑，对其无意义也没有那么投入。我看他越发阴沉的样子，这才意识到我自己也几乎是一模一样的状态。我的意思是我的婚姻其实也没什么不同。我们耽于思想，好像并没有彼此待在一起，于是我们喝白兰地。我离开凳子去付酒钱，其实不必如此，我下决心坐回来时要不经意地碰碰他的腿。这动作让我们从之前糟糕的思维状态解放出来，方才我们还在想着自己描述的生活是否属实，如果真是这样，怎么可能。就这么一碰，我们顿时自由了。我们都等不及喝完那杯白兰地。我邻座的男人不想让他老婆把皮草大衣挂在门后面。谁都可以拿走的，他说。她火了，她提醒他说自己只是去喝一杯，才不管什么大衣呢。

他们去了"他的"住处。他说他有钥匙，说自己在附近工作时就住那里。房子是他朋友的，朋友经常外出，大多是在贝尔法斯特，是研修关于和平的课程……

"是的，你曾经说过。"她温柔地说。

他很惊讶，也十分谨慎。他记不得曾对她说过这事。

"是去年。"

"哦，是吧。"

她没有达到高潮,这简直不可能,她通常单凭想象就可以的。也许这样更好,也许很糟糕。她想帮他让自己达成,她以前还从没这么做过。他有些勉强,迅速起床,说道:"你们女人总是占有优势,能够抑制自己。"

她本该说点儿什么。我们太感情用事了,是吧?也许该好心显出满足的。可她却说:"等下一次吧。"这让他放松。他想回酒吧去,于是他们又去了那里。

早晨来临,他们好像一直就这么相聚着。可是他走了,话说一半就去工作了,让彼此间悬而未决的感觉一直存在,真是糟糕透了。4点半时她可以给他打电话,然后他再看看怎么安排。

我去了报摊,买了本书,在家庭旅馆里等着,等了很久。我读书,不时停下来,因为我的乳头会向身体发出一种地震般、深入体内的悸动。我刚吃了饭,现在是4点。我很快就给他打电话。我可以,他说过可以的,天哪,这有多漫长。我告诫自己不能紧张,不过我倒有点儿暗暗兴奋,不是那种狂喜,是较为平静的。那种兴奋让我觉得轻松,好像轻松些。我当时想到自己的生活现状,因为兴奋也是其中的一部分,看来还不错。可是我并不确定他希望当晚见我。我的这种不自信并非空穴来风,因为他并没有怎么夸过我。他更多是说,"你和我认识的其他女人一样","是吗?"或"哦?"或"真的?"可是当我说R要来陪我时,他显得很难过,真的很难过,非常明显,我都脸红了。接着他打电话给朋友,告诉对方"我们"正在家中,不是他一个人。他没必要一定这么做的,这显然是有意做给我看的。是否4点半过后再打会更好？可是悬而未决自有好处，这能让我觉得身体润泽，顿时就振作起来，就像是吃了冻住的冰激凌。

"5点半我这里就完事了，我们可以见面，开车去我另一个工作地点，我得检查一下，然后我们再做安排。"我们。"好的。"我说，心里明白自己已经足够成熟、持重、聪明，反正不该感恩戴德。

途中我看了看教堂大钟，哦，不，不对，我的表慢了。我还能再见到他吗？还能吗？他当然不会等我，不会等的，可是他在等我。我再也不敢迟到了，再也不了，可是也许让他等等也没关系，只要最终结果是好的。开车到了他工作的地方，我在外面等着，有那么一刻我都觉得自己已经嫁给他好些年了。他走出来说："你想来一杯爱尔兰最好的吉尼斯啤酒吗？""好啊。"我说。可是我打心里只想着我们是否该上床。他很有节制，他也喜欢这样，他不是那种放纵的人。我得等。首先，我们去公寓。他跳出车子。"很好，打开加湿器，浇花，我马上就回来。"浇花！这话有意思，但愿我没会错含义。"好了，去喝啤酒。"他对我微笑，很无邪的样子。我困惑了。

我们喝了好多酒，是他示意多喝些的。我还能清醒地意识到是他示意的，并希望他早该这么说，可是我已经够醉了，都要发酒疯了。太多不经意的迂回暗示，我都冲动不起来了。我们返回后，他洗了个澡，接着我们才开始。他把我的双腿抬得太高，他完全进入后我都没什么感觉，我的头也找不到地方好好搁着。这样子我没法思考。我也不在乎。难道我害怕了？我不能对他说，他会嘲笑我的。说话对于他太过切实，他正在上位用劲。此后他给了我一条围巾，那是他领失业救济金时围过的，当时生活很拮据。"给，"他说，"拿着。"没错，他翻了个身下床，离开我，确切地说。他递给我一条丝巾，那丝巾方才就在他的旅行袋上面。"围上它，一定很漂亮。"他就这样把我晾着了，真尴尬。我说了一番话，让他乐不可支，我自己都想不起来说过什么了，甚至在他笑的时候就记不起来了。不过我很开心能逗他笑。最后我离开那里，回到了自己订的旅馆。他没让我留下来，他说希望明天再见面。我愉快地上了自己的床。我还要再试吗？当然要。

比阿特丽斯和他三个晚上都在一起，各自在最后时刻达到了高潮。这本来也没什么，不过事实如此，罪疚感也由此高涨。

到了第四天，R来了。等他查过地图后，便和比阿特丽斯开车外出。他们喝了点儿酒，她执意要谈论昨天遇到的那个男人，她忍不住。他说自己不可能再支持爱尔兰共和军极端派了。他曾经支持过，虽然他从来不相信战争。这会儿他说不能了。R很讽刺地说："这下子他们就失去了重要的同盟者，少了一个不相信战争的支持者。他们准会为这些纷争而痛苦。"她说："别想这事了。"他说："不，说吧，你说这男人为何不能再这样了。""恩尼斯基林[①]，"她说，"不过那是很久以前的事了，最近这男人听说过它吗？"

R警觉而细致。她最好小心点儿。她喝得比以往都更醉醺醺的，一直谈着什么到达边缘了，什么离经叛道的行为能让人喜不

[①] 恩尼斯基林（Enniskillen）是北爱尔兰西南部一城市。

自禁。她说了太多的话，还透露了点儿信息，不过 R 没有注意到，或者他是假装没注意到。也许他想先放一放。次日一早 R 和比阿特丽斯还算自然地做了次爱，像接吻一样轻松。他们有时候就是这样，各取所需。R 按计划返回都柏林，将茫茫大海抛在了身后。

我花了一整天自我反省。我为何要这样呢？为了听到自己被描述，就是这样。这想法不自觉地被我说出来。难道我享受这种痛苦？也许我该建造房屋，或是干点儿累人的体力活，也许去做费力的园艺？我记得亲吻带来的刺激，记得我主动吻他时他清晰的呻吟声。我想做出新的解释，我不需要用语言来形容我所不知的情感，但是对其他事情，我想知道。我想听他悄悄地让酒吧招待给他打包，还画蛇添足地说："啊，我们一年只见两次面。"他还对另一个招待说："我妻子喜欢多加点儿冰块。"我就喜欢这样子。我并不像欣赏电影般看他。很多次，我像电影中的角色一样散步，观察自己，想着下面会发生什么，不过当我和他在一起时，就不用观看，只需体验。我们没有往昔，也不会有将来，我们会比任何该后悔的事情都更鲜明、生动。可是只有我一个人参与其中，因为我不打算告诉他。他会以为我只想投入进去。我没想过让他懂我的，真的。

比阿特丽斯也努力了片刻，不让自己想到他的妻子，还有自己的丈夫。不想 R 要容易些。最后她终于轻松摆脱了困局，颇为轻浮地觉得他们没有做同样的事情，这并非是她的错。就这样吧，关注当下，别想后果。

我给他打电话约见面地点。他提到在 DB 见，我们之前就在那里碰面。他说："你知道那里吧？""怎么会忘呢。"我说，声音清脆动听。"傻丫头。"他压低声音说道。我又一次冲动起来。我很想说，你以为你他妈的是谁啊？不过我没说。（后来我告诉他自己当时想说的话，他开心地笑起来。"我都料到了。"他说。啊！看来他是希望有人会直率脆弱，会退缩，而对比之下他则会显得格外、格外的强悍。我居然还傻到会问他以前有没有带其他人到这所公寓来。他回答时音调很高："我这把钥匙已经保管了十八个月。"我心里的念头一闪而过，是一种希望从他那里获得一点儿什么的愿望吧。）

我带着行李出现在了 DB。我决定说服自己，既然 R 已经来过并走了，余下的日子我是要和他在一起过的，反正我已经决定不管不顾。他看到我的包时抖了一下。有一个男人和我们坐在一起，是他刚撞见的朋友。此人正在等一个女人，看来她是不会来了。他很沮丧。我的男伴看到约会对象，即我本人，倒没显出有多兴奋，不过我很激动。那天晚上就这么过去了，浪费了，尽是和那个被放了鸽子的男人讲话。

我们离开酒吧。他闷闷不乐地说："我来吧。"一边拿过我的包。假如我坚持自己拿，我的声音没准儿会发抖，这样会很丢脸、很尴尬的。我想说，听着，我……总之，我很少不请自来，不过我觉得在这样的情况下……可是当我们走出酒吧，他抬起胳膊，示意我挽住他。我把手伸过去，不由得紧紧抓住他。"这就对了。"他说道，很满意的样子。我很担心这样的变化无常。他转动钥匙；我松开手，任它露在冷风中，因为方才显得太亲密。门开了，他转过身，又牵起我的手，好像那是他自己的似的。

他在沙发、餐桌周围忙来忙去的，想让我舒服些，也感觉到我有些不安……接着他说："我得先给我妻子打个电话。"公寓有两扇很大的窗子，都很脏。在卧室兼起居室和厨房之间有敞开的间隔，这样就算是两个房间了。我走到厨房，尽量不去听，可是我觉得自己就像是躬着身子贴着钥匙孔偷听的人。我没法往窗外看。我生自己的气——你掏心掏肺地和那个无聊的被放鸽子的三十三岁家伙谈天说地，这会儿又要给老婆打电话，别给我来这一套。我猜你一整年都尽是这些安排好的周末，否则你们俩大眼瞪小眼会疯了的。我敢保证你家客厅的墙上挂着飞翔的鸭子，浴室一定刷成粉红或浅灰蓝色，纤维板做的嵌入式碗柜上面的那个壁龛一定很有特色，而其实这一定是你们俩买下那房子的原因。我敢说你是为了我才把毛绒动物从车后窗那里拿走的。可最糟糕的是，这跟我没有任何关系。你的一切都与我无关。

面对他郁闷的表情，我那悲惨的感恩情绪达到了极点，差点儿要爆发。我简直听不下去了，我也受不了自己居然知道如果我想努力解释，他会怎么说，而且我知道没等他说话，我就会原谅他。其实我应该道别的，用双手抓住他的双肘，亲吻他的嘴。我匆匆写下"抱歉我得走了，再见吧"的字条。我悄悄地走出门，在最近的家庭旅馆登记入住，我敢说他一定还没挂电话。我犹徐般蜷缩在床上，整晚都听到海鸥悲鸣，像划过玻璃一般在空中展翅飞翔。要是在冬天该多好，我就能有幸感到平静些。假如屋里能点火，它们就能把我身上的火气带走一些。

比阿特丽斯得好好想想自己为什么要这么做。她曾经饕餮痛饮，清晨时敏锐地感受彼此口舌交缠的味道，修长柔软的手指慢慢地抚摸在恰当的位置。她明白不曾体验这些是什么滋味；她不会为了想抱住他而抱住他。同样，在交谈时，当她真要表示"不"的时候，她却说"确实如此"。她每次朝他微笑，都必定意识到自己确实在微笑；她绝不会告诉他真相。但其实他也没有必要这么彻底地毁掉它。可是确实有这必要。

比阿特丽斯竭力要凭借想象来修补意识中的破洞。她知道当她敞开情感时他是爱这种感情的，也需要爱它，可是他也发现自己无法接受它，因为它太复杂了。我甚至指引过他的手，她想。不仅如此，当他把灯关了之后她又把它点亮了。她让自己睁大了眼睛，睁得大大的。

唉，我为何不承担过错呢？她想，时间做不了自己的主。能够回忆起自己穿着正蓝色衣服，拉链从上面拉下四分之三的距离，底下有一条缝隙往上延伸到拉链处，这就值了。即便身处幽黑，她都喜欢陌生城市。

日复一日

和 R 一起回家。海里的水，反正海里只有水，冰冷苍白。

出生证明

"叫我雷吉娜吧，克拉克女士听起来太蠢了。夫人还可以，不过女士就过分了，我一直这么认为。"克拉克女士，雷吉娜·克拉克女士这么对毛利奥莎说道，一边热情地和她握手。

她握起手来那只手简直像是从奶头里伸出来的，毛利奥莎想，同时又觉得这念头太荒诞。我怎么会有这想法呢？

"坐吧，不，这里，这椅子更舒服。"

毛利奥莎坐在椅子边缘。雷吉娜的胸脯连十一岁的孩子都绝对会偷瞥一眼。当然你也多少能领略一些风采，比如说从夏季的短袖下面，如果她抬起一条胳膊，或者是俯下身子拿东西的话。天哪，我这是怎么了？毛利奥莎感到迷惑。昨天她还对朋友说起自己最近疯狂地想吃巧克力。

"不，我不是说，不是的。"见朋友耸起眉毛露出一脸疑问，她赶紧说道。她有些恼火。"是在春天，还有夏天，那阳光，吃巧克力会让人感到激动，发出'呜嗯'的呻吟，像做爱，阳光初照下就需要这感觉。"

"现在人们都很了解自己，这样会失去乐趣。"

克拉克女士工作的这个房间有些呆板沉重感。书籍和旧文件散在书桌上，发出固有的味道。她融入其中，这种不停书写人们生活的味道。书架也是黑色木质的。只有这，这书架的黑木头让房间区别于诊所，毛利奥莎小时候就在那种地方打针。想象一下，克拉克女士当护士的样子，虽然打针时人们很难会想到奶头。

"我只想了解你是怎么开始的。"毛利奥莎说。

"嗯，我正想说这个话题呢，说说这方面的事情，不过真的没有什么，因为有太多人信心满满地也想试试。"

"这我理解，克拉克女士。"

"雷吉娜。"

"雷吉娜。"

"你的名字叫什么来着？"

"毛利奥莎。"

"哦，毛利奥莎，我从没想过要开始，尽管我干这个已经二十五年了，大部分都是我自己的时间，还没赚过一分钱呢。不过我不在乎。其实是詹妮弗，她不断地催我——当然我一定能查出她母亲是谁，不可能所有出生证明原件都找不到的，这肯定不会伤害到什么，身为值得信赖的雇员我自然能弄到出生证明。我当然知道这些年来她多想见亲生母亲一面，就见一面。最后我想，好吧，我试试，就为了亲眼看看自己能否为一个人找到母亲，一年后当我找到时我想，这怎么会有害处呢？能有什么害处？于是我去见她，即詹妮弗的母亲，她同意了，于是作为詹妮弗三十岁的生日礼物，我带詹妮弗去见她的母亲。我想传言就是那以后开始的。这牵涉到一大群人，此外，再说了，他们都在国外。他们大多数来自英国。不过我并没有与这些人见面，他们那时都知道地址，除非，当然了，除非做母亲的求我这么做，这样甚至会更危险。啊，没错，更危险。"

克拉克女士整理起文件来。

"哦，是的，有时候真的会很可怕。你知道，这事我处理了一年左右，然后她们见面了，一起喝茶，我就在家里担心如果出问题，万一发生什么，如果她们自相残杀或是什么的，该怎么办。自从她们第一次见面，我就发现自己一直很焦虑。如果其中一人不想再见面，而另一人却想见的话，有时候我都觉得她们会杀了我，因为有地址。你要来杯茶吗？"

她们一起喝茶。毛利奥莎心中暗想编辑会多么喜欢这个故事。她看到了晋升的好势头，甚至听到有人说，问毛利奥莎，她也许会有点子。

回家时她已经知道，自从人们听说克拉克女士找到了某人的母亲后，大约有多少人联系过她。也知道其中的男女比例如何，他们的主要动机是什么，而克拉克女士又是如何帮人们寻找母亲的。克拉克女士总是强调，首先，有可能很难找到母亲；第二，母亲有可能不想见到本人（通常是对丈夫有所顾虑）；第三，母亲也许去世了。如果她发现了那位母亲，而母亲又答应的话，那么克拉克就会安排见面。她会事先给双方建议，希望他们不要抱太大期望，不要光顾着个人意愿。你想见的母亲或许是她认识的某些人的母亲，这让人觉得毛骨悚然。

克拉克女士说话的时候，房间变得不像诊所了。毛利奥莎匆匆地在纸片上做笔记，甚至有一个案例她是写在手上的。她很不愿意写太多，或是拿出正式的笔记本来，因为克拉克女士看到钢笔和纸张时很是疑虑。不过现在她要整理出来，在书桌上把简略的句子扩展开来，重新调整，让读者对数千的秘密有一个大致、粗略的了解。

凯塞尔像往常一样5点过20分准时到家。他也很善解人意，真的几乎堪称完美（他的生活一定很轻松，毛利奥莎想，因为她不由得会对这种完美产生怀疑）。她自己就常常有烦心事，觉得不满足，会发脾气。可是他的生活不可能轻松的，在毛利奥莎遇到他之前，他的父母已经去世五年了。他没有家庭，压根就是一个人。这当然不容易，毛利奥莎想。

"她真的很有趣，非常无私，不求名不求利地干着，甚至都不能告诉任何人，因为这多少有悖于领养孩子的精神。"

"也许她觉得这是一种习惯，你说的那位克拉克女士。"他特别不喜欢克拉克女士，他还很少有不喜欢的人。

"哦！算了，这并不重要。"毛利奥莎说道，一边觉得自己破坏了当晚的气氛。他当然有权保留自己的观点。"反正那篇文章应该不错，虽然她不让我和任何相关的人接触。这是自然的，我想。"

"你的文章向来不错，尽管或许会引来不少不必要的麻烦。"

"你今天怎样？"她觉得最好问一下。

于是他们共度夜晚时光，和任何夜晚一样，总体很愉悦，自有一番安定祥和。头一年尴尬的、难以置信的体操动作现在成了他们独享的记忆，只是用来证明彼此的默契度。毛利奥莎觉得这就是爱，它渗透在彼此的话语、呼应，以及争执后的道歉中。

有时候毛利奥莎看着凯塞尔，会注意到他身上一些异样的东西。就像此时，他的胡子偏到了脸的一侧，就像被风吹倒的树篱，她以前还从未注意到这一点。能发现点儿新东西总是好的。哦，凯塞尔，她想，如果我们再年轻点儿，我们能成为兄妹，这样我就能帮你做作业；给我吧，我帮你做，我自己的已经完成了。谢谢。然后我们长大了。我会离开。你不会在意，我也不会在意，如果我需要你，你会在那里。

雷吉娜·克拉克一边听收音机一边泡在浴缸里。今晚她要和比自己年轻十岁的弟弟一起出去。他们每个月有一晚一同外出，这不仅仅是因为他们是姐弟，还因为他们彼此关爱，很享受一起外出，能够一起观看电影中令人尴尬的桥段，好像它们稀疏平常，根本不值得讶异不安，或者哪怕不可思议他们也不觉得怪异，因为这种蠢事压根是假的。他让她感到放松，是个开朗轻松的人。雷吉娜一般很少会感到惊慌失措，可是这种工作难免会让她如此！不是指她真正的职业，而是另外一份工作。每次尝试寻人都会是一个挑战。对心怀期待的客户她始终能应付，可是当追踪查询白热化，变得越发紧张时，她就开始担心起来。现在就有两个相互攸关的人——嗯，攸关一词不妥，他们根本就是母子关系——他们指望着她，由她来说行或者不行，不行，不可能。她该怎么告知对方呢？

"你的母亲，经过深思熟虑，决定不……"

"我不信，我不相信，是你让我有期待的。"

她往浴缸里又加了些热水，身子往前滑动，把头浸入水里。浓密棕色的鬈发变直了，头发在水里浮动，好像有了生命，像她有时候的内心感受一般,慢慢向四周扩散。她的内心并不总是和他人以为的那样。

她能听到别人嘀咕议论她还没有结婚,有些议论带着好奇和同情,可是当她说"我不会结婚的",听起来更像是一种秘密的胜利。有一次,她对一个男人很上心。她依然常常会有几天爱得神魂颠倒的体验。可是最近一段日子她对爱情的耐心渐渐耗尽,一周时间她的神魂颠倒就会渐变为宿醉的感觉。

那个男人是不一样的。那是二十五年前了。他在美国住了几年,因此有了一定的神秘感和更多的恰如其分或不适宜的自信——人们又怎能知道他到底在那里有了怎样的建树?他一头黑发,出生于戈尔韦①,从来不讲大实话。一旦他觉得征服了她,才几个月而已,他就不停献殷勤。她隐约意识到这有伤尊严。他的调情示爱总是围绕在她身边,让她觉得好像有黄蜂似的小东西一直在耳畔嗡嗡盘旋,尽管她竭力不去关注,还愠怒地用手将它挥去。

他们分手了。朋友们后来对她说"他配不上她",可是她并没真正在乎过他或是想着他。这些朋友们自己倒一个个地进入婚姻。雷吉娜就这么看着新婚和即将结婚的女人们聚在一起不停谈论婚戒——很可爱是吧,让我看看,真漂亮。她觉得那个圈子里蒸腾出了一股猥亵之气。她才不会围着戒指转呢。那些不停抱怨其他新娘不再和朋友们联络的人,她们恰恰是婚后就躲进厨房不见的。"老天保佑她们。"雷吉娜说道,她一边想着这些人,一边

---

① 戈尔韦(Galway)是爱尔兰中部一地区。

继续工作和做兼职。

有些夜晚，雷吉娜泡澡时会想象自己的浴缸非常巨大，至少要大上十倍，足以让她生命中重要的事情和她一起游弋其中——诸如一份拿手的工作；她那些周六上午至下午的时光，从轻快直到倦怠；晚饭；当然还少不了那些男人讲的特殊话语，她就敢当面甩手而去；还有与弟弟在夜晚一同欣赏音乐，以及她姣好的面容等等。就这样，烦恼便游走了。

今天她没有这么做，因为她得外出。那个来找她的年轻女人很不错，她下周还要来。她赶着要去见弟弟。她总是把他想成弟弟，而不是马丁。

"不，"编辑说，"不够有趣。"

"不会吧。"毛利奥莎说。

编辑自有重要的因素要考虑，这样的故事从各个角度看都会让很多人不安，例如他的助理编辑就领养了一个孩子，对此他是很肯定的。他知道毛利奥莎会惊讶地问他关于领养的道德伦理问题。有时候他无法确定，也并不真想弄明白她是不是真感到惊讶。她能力很强，但就是不明白"必要""安排""最恰当"是什么意思。你以为他的助理编辑会怎么反应？其他还有谁在办公室呢？你不知道的。唉，你连自己都不确定。

毛利奥莎早早就出去了。她一抬腿就踏入了无比轻快的一天。我要好好干，我要好好干。慢着！假如这个讨厌而自大的家伙不接受怎么办？那又怎样。她叹了口气，因为她其实很明白，那些像气球般充足了的愤怒不过是空洞的证明，表示她已经在工作上有了一定进展。空洞的,因为纸上除了最简单的事实概述以外别无他物。可是我要完成它,她心想,写完整个故事,或者是几个故事的一小部分。我要着手写下来。

凯塞尔正好走进来,她便对他说:"你猜怎样?他甚至都没好好想过。"

"某些人是有理智的。"

"反正我要做点儿什么,我觉得该对这些人负责。"

"胡说,你甚至都不认识他们,你还是对那些你认识的人多负责吧。"

"唉,行了,又没什么坏处。"

"那是你以为。"他说。

因此当下一周毛利奥莎去拜访雷吉娜时,她提出了不同的建议。

"让我和其中一些人见见面,或是听些故事,我保证不公开身份。"

"可这又是为了什么呢?"

"也许我想写部戏。"写戏的念头是刚刚产生的,不过也是可行的。"把你当作核心人物。"

雷吉娜·克拉克忍俊不禁,可是左眼又抽动了一下。"啊,不行。"

"可是……"

毛利奥莎决心已定。她一早就醒来,构思情节,兴奋愉悦(凯塞尔真是有苦难言,好可怜)。她决定将真实故事叙述出来,不是有关签署相关合法文件,不是的,是真实的故事。

她好言好语地劝说克拉克女士，让她也做起了白日梦。克拉克女士做起梦来可是真有价值的，因为她和这些强烈的情感打交道，决定找到生身母亲可不是购买房产——她有时候不得不相信，其他人的生活还真是琐碎无聊。就这样，她了解了每一个案例，好像当事人是否遇到母亲根本没关系似的；好像假如她不这么做，他们就会崩溃似的。可是，假如其他人的生活和母亲都是琐碎不重要的，而你的却很重要，那这，好吧，这就是生活。你自己的，你独一无二的生活。

是讲还是不讲呢？她一生都和这些秘密打交道，带着它们上床，甚至还忘掉了一些。可是她当然值得从这些秘密中获得些什么，她自己与之相关的部分当然值得一些什么。当人们一下子陷入危险想法时，她会设法安慰他们，甚至理解他们——难道她不明白决定去找生母和购买房产是完全不一样的吗？政府又没支付她报酬，尽管她这么做对政府有益，会减轻它的负担，可以这么说。没有人支付她任何报酬。不过，如果她将其讲述出来，如果她暗示了自发寻找生母的方法，那么也许会有一大批人会想去寻找生母，那些人周日正餐后也许会赶到家门口，不知情的母亲们刚要去打个盹，于是她们会说"等一下"，差点儿要把门关起来（你是不可能对着亲生骨肉把门彻底紧闭，宁愿去躺在床上的，假如他们真的站在了你面前），一边说着，"约翰"，"彼得"，或是"帕迪"，"米克"，"你能过来一下吗，我有事要对你说"。幸运一些的话，那些人至少还会有一间单独的客厅来宣布重磅消息。

她能不能讲述自己的故事而不泄露任何自发寻母的线索？毛

利奥莎继续说着,不停解释她应该这么做的各种理由,告知如果他们采取报纸新闻之外的方式,那么范围就更广,他们可以把名字混起来。头发颜色、医院、国别、出生重量等,都能交换着用的。

克拉克女士事后对自己说,毛利奥莎的声音确实起了效果,因为她突然觉得自己陷入了这场恶作剧,就像是有个东西被她激活了,在不停地摇晃她:"干吗不呢,又没什么伤害?"

于是接下来的半年时间,毛利奥莎都在这些故事里进进出出地探究。有时候她在雷吉娜的办公室里,望着水道和鸭子。

"你说那位母亲怀孕时是已婚的,这是什么意思?不过我觉得……"

毛利奥莎此时此地很自信。有一次她坐在书桌前,发现自己一直盯着雷吉娜的深V领连衣裙。他们管那叫事业线,它就像一条折缝,一道分水岭,堆积物的底侧,它为何如此摄人心魄?仿佛那条线就是一根刺穿下面肉体的尖针。克拉克女士是否有过很多次高潮?或真正体验过高潮?雷吉娜今晚也在心里评价着她,这点她很肯定。有时候她很友好,可有时候她又对毛利奥莎不以为然,有种倚老卖老的姿态。毛利奥莎还太年轻,难免会为此烦恼。克拉克女士有过很多高潮吗?毛利奥莎的膝盖摩擦着书桌,她又回到了之前的谈话内容中。这一切又关她何事呢?

其他时间她们在雷吉娜家里见面。那是一幢朴实的半独立式住宅,那种不会出现在任何人计划中的房子。简陋,样子平淡,临时过渡式的,就像在噩梦中突然出现的那种。除了雷吉娜,那条街上的其他人都是已婚人士。丈夫们赚的钱都差不多,妻子们几乎同时辞了工作,一起上产前班,觉得分娩时丈夫们没必要一同陪着（这样他们就多了一日的假期可以陪伴妻子），她们还讨论如何节育，第二个孩子出生的时间差异也都在三个月内。雷吉娜的弟弟在下班回家途中曾看过这房子。他们是一起去看房的。等到两人走到这条街上，雷吉娜大吃一惊："你到底想让我怎样？这样的街道！你是让我被一对对夫妻包围，这些人不是洗车就是修理草坪。"

不过房子的里面就不同了，这种差异让房子更有了独特性。你瞧，这房子年份不长，很不错，里面有老家具，有散落的唱片，蒙着灰尘，风格出人意料。洗手间很特别，有巨大的浴缸，到处是泡沫，还有那味道。第一次看到洗手间，毛利奥莎很震惊。它如此温暖，没错，温暖湿润，让她感到尴尬。想象一下克拉克女士身处其中，啊！想象一下。

凯塞尔不在时她们就在毛利奥莎的公寓里见面，窗户望出去是其他的窗户，还有一长串杂草被烧过的花园。雷吉娜喜欢家具稀疏些，样子古朴，彼此不相配。毛利奥莎和凯塞尔从来没有足够的存款买整套东西，哪怕是一套杯子。

就在这三处地方，家具各不相同，景色迥异，毛利奥莎和雷吉娜开始记录事实。不过首先，这些故事中的一些当事人毛利奥莎得亲自见见面。雷吉娜会告诉她哪些人是可以见面的，可以安排在某个优雅的地方。这是她们的冒险。遇到没有被证实的部分，毛利奥莎就想象着孕妇和男人们之间的话语、谈话内容。

温顺型

"乐队挺不错。"

他并不很肯定:"我们坐的地方看不全整支乐队。"

"弗兰克,我怀孕了。"

"天哪。"

悲观型

"请问霍根先生在吗?"

"您是哪一位?"

"我有私事找他。"

"埃蒙,我得告诉你,我想打电话会轻松些,我怀孕了。"

"天哪。"

自信满满型

"猜猜我要告诉你什么?"

"什么?"

"我们要有孩子了。"

"天哪。"

震惊型

"他们会杀了我的。我怀孕了。"

"天哪。"

没错,天哪。这个国家就是座充满单性生殖的花园,到处是空白,里面没有发生过任何对话,因为毫无意义;或者说她早就知道会是怎样的回答,不会再继续羞辱自己;要么就是她觉得太尴尬了，因为她都没有好好了解那个男人；或是这件事会成为他逼迫她成婚的借口，很快她就会深陷泥潭和他的生活，不可自拔。

毛利奥莎和雷吉娜有时会专心投入她们的恶作剧，以此减轻忧伤。她们正在竭力一点点瓦解坚实的岩石底部。

"不，我不想让她找到我。我怎么面对她呢？是我抛弃了她。我希望她幸福，希望他们善待她。为什么？我为什么这么做？因为，因为别人让我这么做的，就是这样。我的父母已经在天堂了，当然了，和其他人一样。"

那女人目光空洞。她个子很高，单薄瘦削。她穿着定做的、昂贵的衣服，很自在的样子，因为她习惯了名贵的衣服，并不觉得好料子有多舒服，但衣服本该让人穿着愉悦的。

"其实，我想让她找到我，也许她会原谅我的。"

奥伊菲把自己的名字改成了夏娃，这样听上去更有分量。她高挑，瘦得很匀称健康。除了夜总会的下一位顾客，即下一位英俊的顾客外，她什么都不在乎。她下周要去伦敦，那里人们可以在日间就找到类似的工作，白天开的酒吧。到处都有酒吧。她在孤儿院时交的两个朋友已经在了（要找到善待她的"他们"可太难了）。其中一人要给她介绍一份工作。不，她才不在乎是否见过自己的母亲呢，她知道其他人寻母的结果并不好。与生母见面是很冒险的，你又不知道她会怎样，也许会有上千种不同的类型。夏娃了解来夜总会的各种类型的人，你对她不可能什么都喜欢的。不过，也许会不错，假如生母富得流油，可是这又不保证她就能拿到什么，迄今她还没有真的到想要探明生母有多爱她的地步。不，这不会是个好主意——她的一个朋友去见生母了，最令人震惊的是，居然有三个孩子长得和她完全，我是说完全，一个样。那位母亲也是一个样子。简直毛骨悚然，她从来没见过有人会和她长得很像。说真的，太毛骨悚然了。不，她下周要去伦敦，所以反正也没时间。

毛利奥莎做梦梦见了那两个人。她受不了自己掌握着她们并不知情的信息。那个梦哽在她喉咙里，让她很想呕吐。可是到了早晨，她逼迫自己接受一个事实，即她们平日里不会为此烦心。那位母亲就是纯粹地、不停地、急不可耐地想要被谅解，可是她对这件事根本不加思考。事情就这么存在着，就像程度适中的背疼。即便女儿原谅了她，事情还是存在啊。那个女儿怎么都不想被激发好奇心。她和同伴们一起长大。老人，像她母亲这样的，都不重要，她们就像孤儿院的嬷嬷。母女俩根本不需要毛利奥莎关心和善意的介入。

雷吉娜说，哦，这没什么的。可是她理解毛利奥莎的感受。她已经有免疫力了，就像丧葬人员。大概第一次葬礼总是最难过的。她也会担心，因为毛利奥莎开始提出这些事情来，难道这不会让她想起每一个不同的案例？她有多少次望着窗外的水道？那些人总是先坐上几分钟，然后再走进屋子找她。她想，这当然是很重要的一步。他们总是盯着鸭子看。姑娘、小伙儿、中年妇女。有一个中年女人，多大年龄来着？雷吉娜记得此人。她看着窗外，看到她盯着鸭子，便知道那人一定是科伊尔太太。她围着一条深棕色的围巾，上面画着一个马头，那是一个又大又宽的头，眼睛瞪得很大，前额有一块棕色斑点。围巾边缘印着小一些的马头，这些脑袋正心满意足地看着周围走过的人，好像它们待的那地方是最自然的。其中一个马头被打成了结，就系在科伊尔太太下巴下面。还有一个头从科伊尔太太的肩膀上悄悄瞥着什么，也在盯着鸭子看。

科伊尔太太解释道："生日总是让我感到难过，不过这一次最厉害，日子过去了这感觉都没有散去。现在每天都是他的生日，真是受不了。"她的内心坍塌了，山崩地裂般撕扯她的心脏，让她沉重不堪。想到他的生日，她的脸就绷紧抽搐起来。"你得帮帮我，否则我要死了，我真的会死。"

他的生日会杀了她。像往常一样，雷吉娜问了她丈夫的情况，可是这次她特地提到他，因为得有人知道这个可怜的女人心都要碎了。

"我丈夫人很好，非常善良，哦，他真是个非常好的丈夫。"
"嗯，那你也许不会告诉他吧？"

科伊尔太太觉得这很遗憾，考虑到，考虑到什么呢？嗯，她言辞很谨慎，她说当时自己怀这孩子时，医生说得剖宫产。不过除了剖宫产他们还可以采取另外的办法，不会留下疤痕，万一她结婚了，不想让丈夫知道。他们问她愿不愿意？她说，好的，她愿意。于是他们切开了她的盆骨，应该是拿锯子，也可能是用锤子。

雷吉娜咬住嘴唇，不自觉地摸着耻骨，就像踢任意球时男人会护住自己的睾丸。

由于经历了这些,起初就把一切告诉他会显得很傻,接着一个月过去了,一年过去了,真话就渐变成谎言,接着又过了五年,她有了"第一个"孩子,于是谎言就成了弥天大谎,她连想都不愿意想起来。可现在他的生日搅乱了她。

接下来的半年中,雷吉娜经常和科伊尔太太见面,这样才能不让科伊尔太太崩溃。最后她终于把事情告诉了丈夫,否则她根本没法入睡,也没别的法子。她脸部的紧张消失了。他知道后很节制有礼,但是之前的信赖不在了。他从"告知",即他所称的妻子硬挤出来的这番话中有所领悟,原来有些已婚女人在结婚前偷偷有过孩子,而他竟成了这些丈夫中的一个。这多少会有些影响,于是他便和科伊尔太太一起来见雷吉娜。

雷吉娜找到了科伊尔太太的儿子,那是一个金发小伙子,很少露出笑容,就算笑起来脸依然很板。他很乐意,于是大家相互见面。本来这该是大结局了,可是有一天科伊尔太太又来了,她疯了一般急匆匆地经过那些鸭子。

"他想知道谁是他父亲,一定要我告诉他。这样行吗?"

"哦,那你丈夫知道吗?"

"他从不过问。我想他会觉得这样不合适。我也没告诉他,总觉得不能太实在。我曾经对他说过,我什么都不会骗他的。"

雷吉娜说科伊尔太太应该自己做决定。

次日科伊尔太太一直站在村里的店铺前等着开门,并做了决定。是时候应该把一切都说出来了,于是她用手捂着喉咙。是她丈夫的老板,那个讲话拐弯抹角、卑鄙、自以为是的老板。老天哪，必须把一切都说出来。

雷吉娜很抱歉把这件事对毛利奥莎隐瞒了这么久。

"我并不是真的觉得这事没啥的，"她说，"呃，你需要地毯吗？还记得我上个星期对你说起过的那个男人吗？他刚和他生母见了面，他四十五岁了。他有朋友在船上工作，维护船只，所以当然会常常换掉船上的地毯，哪怕只有一部分是磨损的。他说假如我要的话，事先打声招呼就行。全是单色的，红的、蓝的，或是绿色的。"

"哦，太好了，有一条当然好啦。"

他们想要的可不只是一条新地毯，毛利奥莎想。

他们有过一次激烈的争执，毛利奥莎现在都觉得头疼。她之前回家，对凯塞尔笑笑，然后对他说起自己遇到的那个女人，那人是雷吉娜哥哥的熟人，说是想来帮忙，因为她还没有真的从"这种事情"的冲击中恢复过来。毛利奥莎知道凯塞尔讨厌这样的面谈，可是她没意识到其中原委的严重性。总之，她得有人说说。今天来的那个女人很疑惑，说不知道那个曾经躺在自己邻床的女人生活怎样了。

"我记得她说她是个酒鬼。我说这不可能，才十九岁不可能的，可是探望者都是从嗜酒者互戒会过来的，因此她一定酗过酒。她说她都不记得怎么怀的孕——也许她记得，只是不肯承认。她要把婴儿送人，可送到哪里去呢？我们各自躺在床上时，我曾想着尽量不要触碰刀口的缝线。'他们说如果我带着孩子，就又会酗酒的。''他们是谁？''互戒会的朋友和我妈'（那人自己偷偷过来做检查，恐怕是为了静脉曲张，她一次都没来看过孩子）。'他们说！他们说！可是你怎么说，琳达，你会怎么说？''嗯，我只知道一件事，我不要抱起篮子里的孩子。这不公平，别指望我有所表示。我要放弃这孩子，不是吗？护士可以换尿布的。'于是我便觉得把自己宝宝屁股上的屎擦干净是一种特权。我把乳头放在宝宝嘴里，抚摸他的脸蛋，他便嘟起嘴，圆圆的，嘴巴张开了，鼻子埋在我的胸脯里。

"宝宝吃奶可用力了，我从眼角瞥到琳达的婴儿篮没被人碰过，它挂在床柱间，与其说是晃动，不如说是扭曲着，不停发出尖锐的声音。婴儿的母亲板着脸，反正护士会来的。护士会说，'听着琳达，你知道你最好能事先弄明白了，这样你以后就不会觉得自己别无选择了。''我是不会去碰那篮子的。'我就在那里，可以用自己的奶水哺乳自己的宝宝，因为我可以带他回家，因为一个男人已经请我嫁给他而我答应了，或者也许是我提出的。'好好想想。'我对着宝宝低语，尽量不让人听到。等琳达离开病房后，我总是把他抱起来，轻轻地捏捏他，然后我会走到琳达的婴儿篮那里，把手指放在她宝宝的头上，说一些矫情空洞的套话。

"在琳达和我用力分娩的四十八小时后，我把身子转到左侧躺着，看到她靠近了婴儿篮。她坐着倚过来，又改变了主意，再移动了一下，然后退回来。看来冥冥中有力量在左右她，想试探她的母性。她小心翼翼地下床，鬼魂似的靠近篮子。她把手探了进去，双目紧闭，然后抱起了婴儿。她似乎很吃惊，接着吻住了宝宝的嘴巴。我听到她在呢喃，话语像是从她嘴里溜出来一般。打那之后我的宝宝就尝到了泪水和忧虑的滋味，因为琳达不肯放开她的孩子,哪怕护士说:'放下吧,宝宝要睡觉了;来,你也该睡了。''我之后自己会睡的。'她说。

"我要求提前几个小时出院,因为我受不了看着琳达的孩子被交给中间人,那人再把孩子送给某对无法生育的夫妇。就这样我在星期天上午而不是晚上出了院。"

毛利奥莎把这女人的话都告诉了凯塞尔后,他们大吵了一架。凯塞尔简直像个疯子,而毛利奥莎也把所有的怒火朝他发泄了。之后她取消了采访、谈话,没有见雷吉娜。

播新闻的时候,毛利奥莎和凯塞尔彼此微笑。早餐时他们通常不看对方,不过在抬头拿取烤面包,或是低头再喝点儿茶时,若是目光相遇,他们就会露出笑容。这笑容能恒久留存,除了彼此完全忠诚,如果他们能像昨晚那样对待彼此,揭开蒙在表面的盖子,那么恒久必然是可能的。新闻播报员说:"爱尔兰国会下议院开始讨论新的儿童法案,该法案将废除私生子身份。今后将不再有无父母子女的称呼了。"

"老天,"毛利奥莎说,"他们从来就不是无父母子女,他们当然就是母亲生的孩子。"

可是凯塞尔关掉了收音机。一阵怒火,就像狗的咆哮,从他的双唇和目光中迸发出来,可是他随即又笑了。毛利奥莎真想把自己劈开来。前几夜应该表现好一些的。他们本该放点儿音乐,而不是听新闻。她的头痛又发作了,而争执也再次开始。"我都推掉采访了,你还想让我怎样?"这一天又毁掉了。

凯塞尔觉得自己就像被冲进了一条河,却忘了怎么游泳。他可以拔腿抽离的,不是吗?可是他无法抽身,这是他全部的生活。有人能在夜里和他说话，每个夜晚都是；星期日早晨，轮到她做早餐时她穿着卧室拖鞋慢舞般在厨房里拖曳着。这就是阻止洪水从他脑袋上倾泻而下的塞子。可是此时他想象着每天晚上洪流从某个方向向他奔涌而来，而昨晚他惊醒时一身冷汗，却发现自己好好地躺着，右脚的前端正缩起来搁在她的左脚背上，怎么看都像是相爱的人才会有的动作。

毛利奥莎整理书柜，打扫洗手间，清理床铺。一切整洁有序后，她很满意地出门了。在银行里她注意到了一个男人，上一次看到他是两年之前。他老了不少，生活安定下来。她记得此人年轻时的样子。此时他镇定自信地环顾银行——她第一次注意到他时，他低着头，盯住写字台，或是另一位职员，他正站在写字台和那人的右侧。如今他在银行里随意自如，甚至敢穿着有些皱巴巴的衬衫。你能想象柜台另一头的人过着怎样的生活吗，就这么被客户机械地盯着？当他感到宿醉时人们会友好对待吗？他一定有过宿醉，现在他都有啤酒肚了。那么干净，天哪他们都那么干净。每天早上他们都要洗掉身上性爱的味道——在银行工作不能让人闻到这种味道的，尤其是彼此的写字台靠得那么近，而餐厅又如此狭小。真遗憾，因为一早闻闻气味常常令人愉悦，让那味道浮动在胃部，穿过鼻腔进入大脑，引发记忆，浮想联翩，再次感到性趣盎然。

她走出银行，看到那个男人像被刻进了银行墙壁般无趣，她很不好受。这会儿她还要做什么呢？她的双腿上部发烫，脑子里越发剧烈地抽动，提醒她赶紧离开，离开所有这一切，释放自己，张开翅膀。和一个男人一同生活并不十分快乐，尤其在他发火时。整理书柜的愉悦也不够好。可是当她工作时又始终想着这个男人。和其他男人上床时就更想他了——想到这些单纯的快乐，她眼睛里会噙满泪水。一旦对方是别的男人，这也就意味着他是全新的，是令人兴奋的，他会不紧不慢，也许会凝望着她，缓缓进入她的子宫，发现她如此纵情，他会惊讶地笑起来。可是没有了那个男人她会怎样呢，晚上5点至10点间会发生什么呢？她会喝很多酒，和太多不合适的男人上床，这些男人只想有一个紧致的身体裹住他们的利器，这样自慰起来就轻松得多。可是接下来她也会躺在一个陌生人身边，他们也许相互深吻，彼此深情凝望，吻着对方手指，下体交缠，假装这就是将两把锯子交合对接般那么单纯，直到他们的眼神黯淡下来，变得蒙眬，笑容中带了点儿微微的疼痛，然后他们像饿狼般彼此吞噬，高声呼喊着爱、性、背叛、空虚、充实和愉悦，吻着对方的脸颊。为什么性爱与友谊如此大相径庭？哦，好吧，确实如此，感谢上帝，感谢上帝。

雷吉娜步行外出。她和弟弟及他的朋友约了7点见面，一起吃饭。她对弟弟的朋友没有任何好奇心。照理她该有兴趣的，可她早预料好了会失望的。她不相信毛利奥莎真的放弃了，因为她觉得毛利奥莎是坚强的。这才是该和你一起干的人，她竭力不对此抱以嘲笑。她走过查尔蒙特大街的桥，低头看到一只鸭子正滑入水中。鸭掌后面荡漾起波纹，那是一种不屑一顾的姿态，鸭子把水往后蹬开，不起一点儿浪花。好吧，如果你担心，那就是你自己的问题了，你可别真觉得不管哪个傻子盯着我看，我都要觉得痛苦。要真是这样，那很久很久前我就该担心鸭子生病了。鸭子又荡开一层涟漪。我领悟了，雷吉娜说着，继续走着。到了周六，格拉夫顿大街附近都是成双成对的，到处是这些人，正在吵架或接吻。我想毛利奥莎和凯塞尔就在其中。他们此刻不会吵架，因为他自有法子。她走在一家人后面，男人、女人，还有小孩。这对男女好像在争执着什么，因为虽然女人在男人前面几步，她的一番话似乎在评论男人的后背。

"你简直厚得像两块短木板。"

雷吉娜觉得女人穿成这样还如此说话真是滑稽。

他说："我看你嘴上最好装根拉链。"

她说："你要是想演戏，干吗不进大教堂啊？"

他说："愿上帝保佑我别像你这么无知，我别无他求。"

那个孩子不理会他俩，这些话可以充耳不闻的。夫妻们，雷吉娜嗤之以鼻，拐入了另一条街。

另一个孩子正得意扬扬着呢，她肯定而清楚地说道："我喜欢爸爸的声音。"

雷吉娜很惊讶，她转过身子看着孩子。那人显然就是她的爸爸，他笑容满面。当然了，每次当雷吉娜觉得某对夫妻关系不好时，那两人就开始接吻，甚至包括那些穿着又粗又硬的羊毛套头衫的稳重人士。于是她便能有幸将轻蔑抛除。可是说真的，毛利奥莎本该更坚强些的。她们俩做过那么多工作，更别提雷吉娜有过这样的生活经历，不过，当然了，毛利奥莎稍嫌年轻，有时候表现得太过惊讶，太过惊讶了。有时不堪一击，太脆弱了。

"这事尤为困难，那位母亲已经被迫放弃了，好像生父是位牧师。"雷吉娜说。

毛利奥莎说："如果你发表了这个，会引发轩然大波，肯定会的。"

"不，我可不这么认为。重点不是揭露什么，不是公开透露这些事情，而是谁来说。"

毛利奥莎看上去一副挫败的样子。

当雷吉娜解释了为领养儿童办理新出生证明的相关手续后，毛利奥莎很吃惊地说："可那是非法的，完全是非法的。出生证明上要写明谁是孩子的父母亲，即血亲双方。你不能就这么改动的，这是非法的。"

"当然非法。"雷吉娜几乎厉声呵斥了，她对毛利奥莎的直率和困惑很是恼火。

"总之出生证明对母亲是一种侮辱，尽是关于父亲的。"毛利奥莎说。

"这跟我们无关。"

毛利奥莎显得吃惊而沮丧。她太年轻，却又如此不依不饶。等她和凯塞尔的冲突过去了，她会再来的。她当然会再来。雷吉娜觉得最好回家去，洗个澡，去见弟弟。

就这么过去了几个月。雷吉娜、凯塞尔和毛利奥莎又遇到了其他事情。他们吃饭、睡觉、工作、走路、跑步赶公交车、读报纸。可是其他事情不过是生活的填充物。他们三人都以各自不同的方式在云霄飞车上奔驰着。他们明白这不会是终点，不会是这件事的终结。雷吉娜耐心等待着，因为她很确定。其他事情发生了，但这些都不重要。

　　毛利奥莎正抚弄着花边，她抱拢双膝，紧闭眼睛，想要停住哭泣。别哭，别哭，哭只能暂时发泄痛苦，解决不了问题。回答问题啊，毛利奥莎，她态度坚决地对自己说。她把这些分成一个个小问题，而不把它视为巨大的难题。我该怎么做？为什么凯塞尔那么不可理喻？难道他厌烦我了？我该怎么办？假如我说要离开他会怎么说？还有，万一他说，嗯，好吧，她想。哦，别傻了，我才不会这么说呢。我当然要留下来，我要留下来，因为我不想走，他只是发发脾气。一定是那些关于孩子和父母的话，因为他自己的父母都过世了，她得不断这么提醒自己。真滑稽，你居然会忘记关于别人的这么重要的事情，仅仅因为你自己的母亲还在，还能见到。对不起，凯塞尔，抱歉，可是我得下定决心，为了你，也为了我。哦，我不走，亲爱的，我不走。我能让他走吗？不。可是这毕竟比他不停地掩饰，一旦受不了就爆发要好。我可以让他离开，因为我不得不这么做，因为他不光是我的，也是别人的。我没法帮他打点行李，也没法给他火车或出租车钱，我做不到与他吻别，祝他好运，可是如果我不得不……一想起别人会抚摸他的脸，想到有陌生人解开他衬衫的纽扣，想到他给某个纯粹的陌生客，某个毫不相干的人拨打电话，我就受不了，可是如果我非得……我想我该求他。

　　可是她没有求他，压根没有。此后又争执了一个小时，她压低声音说："要么我走，要么你告诉我究竟是怎么想的。"

　　她等着他说，好吧，那你走吧。可他只是死气沉沉地盯着她。她之前都没留意那双眼睛有多阴郁。它们吓着她了。

"因为我的父母还没死,我就是你那些可爱的被领养孩子中的一个。我不知道自己的父母是谁。是的,我是被两个人抚养大的,他们竭力让我相信这事无关紧要。对他们的无知我心怀仇恨,离开他们所谓的'家'的那一天,我就把他们'埋葬'了。"

他把水壶放在炉子上,露出了点儿自觉好笑的表情,放松了许多。他目光中的阴郁消散了,仿佛融入了毛利奥莎的脸色里,让她显得格外黯淡。

毛利奥莎整个星期都黯淡无神,双手抖得厉害;她有点儿怕凯塞尔,怕他居然能撒这种谎。可是后来他们彼此靠得更近,褪去了各自漠然的表情,深深舌吻。他们要去看望他的养父母,她当然会一起去,可首先他们要找到他的生母,这样他会好受些。

看到凯塞尔和毛利奥莎一同过来找她,雷吉娜很惊讶;她以为只有毛利奥莎会来。

到了凯塞尔和生母见面那天,毛利奥莎为他挑选了要穿的衣服,她觉得他会喜欢。凯塞尔希望毛利奥莎能陪着他,于是她穿了一件灰色的宽松上衣、一条黑色亚麻长裤,外加一件漂亮的短夹克,趁着干洗店在周末关门前,她及时将夹克取了回来。哎!她说到了很多类似的非常事件,目的就是为了分散他,还有自己的紧张情绪。他穿着深绿色粗条纹长裤、一件略微着色的宽松丝绸衬衫,还有一件颇让毛利奥莎花了血本的新夹克。他的样子棒极了。

见面约在周六。凯塞尔和他母亲先要单独见面半个小时,然后再和毛利奥莎在巴斯维尔酒店的大堂见面,大家一起喝点儿酒,嗯,他们也不知道她喝不喝酒,也许她会不同意,别紧张了,凯塞尔,没事的,没准她不喜欢我们俩同居,哦,她应该不会反对的,毛利奥莎吃吃笑起来,觉得真不该说这话,可是还得保持笑容,接着他们会一起吃个饭,没事的,凯塞尔,别紧张了。

此后,最让毛利奥莎惊讶的是,一切进展得非常顺利,所有人都表现得很不错。毛利奥莎端坐着,留意着大门,却又不能盯着看。凯塞尔走了进来,略有点儿紧张。毛利奥莎站起身。可是和他站在一起的是毛利奥莎的母亲。毛利奥莎记得,当时自己和母亲都张大了嘴巴,同时用双手遮住眼睛,假装整理头发,指望能在眼睛和手掌之间重新理顺一下现实,这样谁都不会受到伤害了。她们盲目地摸到椅子旁坐下,母亲倒比她稍微镇定些。凯塞尔盯着她们看了好一会儿,这才领悟过来。他用食指敲击着自己的脑袋,像是在敲打坚硬如铁的东西,一边伸手找座位。他们都要了白兰地。

"有那么一瞬间,我怀疑过会是你,"毛利奥莎的母亲对她说,"有一次,就在克拉克女士与我谈话时,可是我觉得这根本不可能。我再一次怀疑时是见到了……"她的手不知所措地晃动着,"这个年轻人,可那时已经来不及了。现在就面对现实总好过等你把他带回家来见我们时才知道。"

她的目光茫然对着他们脑袋后面不知什么位置上,一边辩解着。她没有企求凯塞尔,还有毛利奥莎,企求他们原谅。毛利奥莎后来想，这不是很奇怪吗，她不是很勇敢吗？毛利奥莎以前从没听她用这种声音讲话。

"我怎么可能会想到我能真的拥有他？他这样的男人居然能让我有勇气好好端详他，与他对视——就像我在低头看他——目光穿过他的心脏，长时间地犹豫着，尽量不让自己眼花，然后进入他丝滑的胃部，接着说，我能抱抱你吗，我能真的把你抱入怀里吗？然后他说，哦，好的，哦好的，随时可以，随时。我明白脸上挨耳光的感觉，也知道会爆发另一场战争，可我怎么会想到这一刻真的会来呢？当我吻着他，像品尝冰激凌一般，舌头滑下去，让他填满我的整个心灵，这时他的目光一定越过我的肩头，看着别人，想给对方勇气。他喜欢把勇气当礼物送人。因此当我发现他的一小部分在原处长大，我的心早已关闭了。失去他后我没法盯着一个像他的孩子看。我怎么可以，怎么可以呢？别这样看我，求你了。你会理解的。也许不会，也许不会，也许你从没像我爱他那样爱过一个男人。这不是很奇怪吗，你从没有这么爱过这个男孩，就像我爱……？"

她的声音渐渐停息下来。

她不想再喝白兰地了，火车快要开了。她离开时步履稳定。凯塞尔和毛利奥莎各自又喝了一杯白兰地，然后两人一起走回家，相互牵着手，膝盖微微颤抖。

目前，雷吉娜·克拉克拿着政府给的工资为人们寻找生母。

轻　罪

　　孩子们该有一封父亲写给母亲的信，让他们可以在某天翻箱倒柜找别的东西时发现。布兰登·加夫尼的孩子们就有这样一封信，假如他们的妈妈没有把信撕掉或烧毁的话。他写这封信的时候情绪有些低落，当时他坐在北墙车站的候车室里，垂着头，注意看着前往利物浦的船舱是否开门。情绪低落是因为他明白自己写这封信不光是为了玛格和孩子们，还因为这封信让自己显得天真。要逃走的男人是不该坐下来写信的。他更应该和别人说话，甚至和陌生人说话，这样他就不会让人怀疑，或者他该看看报纸的，比如《爱尔兰时报》。罪犯是不会看《爱尔兰时报》的，反正不会看这些无关紧要的东西。低落，还有别的情绪，一个一无所长的男人，可这事想来太重大，根本没法思考。他盯着自己的鞋看，它们很干净。

　　亲爱的玛格，
　　　　读此信时我已经平安到达利物浦或其他地方了。一旦有了住址我会立即告诉你。我知道这事让你担心，可是我也没有别的法子……

布兰登并不是命中注定得傍晚偷偷溜走的。十六年前他和玛格丽特·戴利结婚,他们前往拉斯帕尔马斯①度蜜月,但并不很喜欢那里。第一周还行,可是第二周就有点儿无聊了。要不是遇到一对来自克雷郡的夫妇也来度蜜月,他们准得疯了。

那周之所以无聊,一部分原因在于他们很想家,想回到那幢漂亮的新房子里,布兰登工作的公司差不多快造好那幢房子了。因为房子是为布兰登建造的,所以工人们额外又干了点儿活,凭着想象加了不少东西,比如门上的黄铜配件、厨房和餐厅之间的上菜窗口,等等。"等到将来有了数百个小加夫尼,布兰登,数百个……"还有卧室!你都可以睡在衣柜里,那里还有足够的空间放梳妆台和床头柜,都是工友们买给他的,后来好几天他们都哄笑着。还有那张床,他们的床,周日上午他们可以一直赖在床上。真的,他们可以整天都待在床上,只要某些时候把窗帘拉开就行。玛格的母亲曾说过,房子有很大的自由度。他喜欢玛格的母亲。

最初几年一切都令人满意,有时都会觉得时间一下子过太快了,可要不是过得很快,重要的日子也就不会来了,所以玛格和布兰登也就接受了如梭的时光。日复一日,你不能太奢望什么的。孩子们出生了,都很可爱,一切越来越好。

可是两年前,工作不再稳定了,布兰登的安适渐渐消失。正好那段时间孩子们的开销似乎越来越大,房屋按揭费也涨上去了,房子需要重新粉刷,排水沟得重修,玛格还得补牙齿——不

---

① 拉斯帕尔马斯(Las Palmas)是加纳利岛上的一个港口城市。

及时补牙齿要掉的——学校旅游也得花一大笔钱。每两年学校半数班级要有一次大旅行。孩子们的岁数又正好隔两年。要不是他们这么计划着生孩子，学校旅游也就不会这么耗资了。那一年的旅游是去切斯特、巴黎和俄罗斯。不知怎么的，事情一件件发生，那年可真够他们受的，他们始终在挣扎着浮出水面大喘气，把嘴巴尽可能张大了换气。圣诞礼物、自行车、电脑、乐器，彻底把他们拖垮了。

堕入贫困可没有音乐伴奏，不可能用响亮如雷鸣的打击乐、坚定的进行曲、哀伤的奏鸣曲来表达。这是一种不易察觉的变化，很漫长，很糟糕。布兰登开始在脑海里列清单，然后大声念叨。这些清单简直要他的命。日子过得顺利时他竭力完成清单任务，不顺利时感觉就糟透了。他本该修理房屋的，可是清单上列出的费用超出能力。尽管这样，有时候玛格和他会紧紧相拥，好像家里的每个抽屉都塞满了各种已付款票据。于是次日就会有春天的气息，可是春天之后总会有冬季。

某个周三的6点，尤西安·麦格拉斯打来电话，告诉布兰登说拉斯敏斯①的山上有两天的活儿。活儿干完后，所有的修理工具都放在那里，你从来想象不到，建筑商手上也许同时要忙几处的活儿，到处都有活儿干。布兰登下山到罗里那里，告诉他说也有他的活儿，都混在一起了，但是罗里说别多管闲事。"那是吃力不讨好的事，"他说，"会干得焦头烂额，没完没了。我才不干呢，布兰登，我现在有别的活儿。考虑一下吧，我能让你随时都

---

① 拉斯敏斯（Rathmines）是都柏林以南的郊区。

能拿到现钱。"于是布兰登就把活给了乔·斯威尼。

那里算不上正儿八经的建筑工地，没有穿着羊毛大衣的工头，房子的女主人就在那里。开工前她还给他们泡茶，让他们吃凯利莫甜甜圈，大家一起吃饭时她隔着桌子和丈夫聊天。在场的有电工，是个很圆滑的人，带着他乖顺的帮手；其他工友，其中一人穿着很邋遢又很显眼，以及水管工，总是一副精疲力竭的样子，还有屋顶工，他正牙疼着呢。女主人谈到了当天得干完的工作，如木板表面处理、粘合、脱脂珠、十二英尺的长度、波纹管道和四分之三英寸的配件，以及新的塑料管道系统和装饰板。

"脱脂珠总是不够。"布兰登说。

"你只能找利德。"屋顶工答复似的说道，他怕女主人先考虑布兰登的需求。

女主人说着话，好像不知道餐桌摆放的地方是房间里唯一没有凹洞的，周围灰尘遍布，连水杯和茶壶都不能幸免。她似乎忘了房间里根本没有窗户、墙面、天花和门，厨房地板中央还放着浴缸，都快要破了，因为工人们经过时会把工具扔在上面。她以为总有一天自己和丈夫会把一切摆平。

布兰登开始工作。在助手的配合下，他干得很有节奏，默不作声。乔·斯威尼很娴熟地在恰当时候拿来配比恰当的混合涂料，他们干起活儿来就像在舞蹈。布兰登涂抹着墙壁，先把涂料洒上去。他扭动手腕，像农夫从系在脖子上的口袋中拿出玉米撒出去一样。他就这样先洒再涂抹，动作舒展灵活，不停移动，将墙壁表面不均匀的部分抹平，轻轻点着，然后悄悄地刷开，将凹凸不平处弄光滑，就像跳起了最后的华尔兹，接着他再移到另一处继续工作。他喜欢干活儿，一直是最棒的泥水匠。他始终牢记这份工作中所有重要的事项。他闻着建筑的气味，真是好玩，司空见惯的东西突然被人留意到。其中一个工友，就是那个很安静的，当他干完一些颇有难度的活儿后，会满怀欣赏地倚靠在上面。"漂亮得就像女人那玩意儿。"他说道，布兰登生怕女主人会听到，可是他发现她偷偷地微笑着。

他们午餐吃黑面包，夹上金枪鱼、去皮番茄、生菜、鸡蛋、干酪和小葱。布兰登知道番茄是去了皮的，因为玛格让他明白番茄去皮后做成三明治口感是不同的。这家的女主人能一直保持这样的水准吗？

他又开始干活儿，先估摸着已经完成了多少。他一边调整脱脂珠，一边用手摸着。此时是春夏之交，他当晚是拿现金酬劳的，钞票在手指间像丝绸手帕一样光滑。

次日一早玛格说："下周就是克里斯的生日了，给他买个小礼物吧，小点儿的就行。一本填字游戏书或是其他什么小东西。"

布兰登想，老天哪，我只有两天的活儿了。他感到体内怒火燃烧，最初火气在胃部，而后升腾成了一个接着一个爆出来的词，组成了冷嘲热讽，随着怒气又形成了长篇大论，在愤怒中变得抑扬顿挫，成了某种自成结构的交响曲。他想厉声指责她的愚蠢，用手拍击桌子，把餐桌上的盘子震得乒乓作响。可他硬是吞下了怒气，不再说话。这不是她的错。吞下的怒气有一种剃须刀片的味道。

"你怎么了，脸色怎么这么苍白？"玛格问。

"没事，我好着呢。"他便去干活了，由于他的泥水匠活儿很出色，两天的活儿他还省下了小半天的时间。薪水就少了。

布兰登走到公共汽车站，他要在海因斯外面乘坐83路车。卫兵以前常常在那里喝酒，当时店主还是欧博恩。那是个很隐秘、脏兮兮的地方。他和玛格有几次出门时，如果斯莱特里或麦迪甘公共酒吧满座了，他们就会去那里喝酒。他们在麦迪甘酒吧是不会出洋相的。统一党会在那里聚会，这很糟糕，可是如果那些人不在，就更糟糕了，因为你说的每句话都会被人听到。那里也有卫兵。布兰登干吗害怕卫兵呢？他从没犯过法，也不想犯法。

83路车在拉斯敏斯大街上一路缓慢地开着。布兰登也随车移动，他想起了那些街道和酒吧的名字对他有着特定的意义。换房顶，做个特殊形状的窗户或是让视线能看到街边小巷——他常常注意这些细节。到了乔治大街，他看到一家商店愚蠢自夸的告示：**商店清货，急招顾客，无须经验**。他在下一站下了车，也许能在那里给克里斯买点儿东西，便宜合算又实用超值的。他走过那些坛坛罐罐、各种厨房器皿、螺丝刀、热水瓶，觉得头晕目眩。根本没有小孩子的东西。他走出店铺，靠在一个垃圾桶旁；他的肋间一阵疼，又浪费了一张车票。

再来看看这清单吧。出入相比。按揭：失业救济金；公交费：零零碎碎的环保补贴；食物：多子女家庭津贴。电话被拆了，尽管玛格一直是个乐天派，还把驾照更新了，可他们已经三年没车了。还有乔还给他的三镑，那是几年前他借的。偶尔喝一杯，怎么味道会比以前好很多呢？呷上一口他就想喝第二口。一旦他再要上一杯，他就想喝第三杯。他之前从来不贪杯的。等喝第三杯时,有人会说:"布兰登这下得走了,回家见老婆,真是爱不够啊。"嗨,布兰登,嗨,布兰登。听着,假如按揭费用降下来,多子女家庭津贴升上去,他们所有的购物都一次性刷最低价,然后他向乔讨还比三镑多的欠债,并且说……

"来散散心吗,布兰登?"罗里说着拍了拍他的后背,拍得他浑身都疼痛起来。

"记得你当时怎么说那份零差来着?嗯,真要有什么……"没错,他是说过这话。

"没问题,布兰登,没问题。"

几周后罗里找上门来,他一脸苍白,有些神经质。他要布兰登赶紧去帮忙。幸好玛格不在。有一个小伙子中枪了。

"我可啥都不要知道。"布兰登说。

"你能拿几百块,不少了。你只需要从詹姆斯医院把那个医生叫过来,我们什么都为她安排好了,我们把车给你用。"

"好吧。"布兰登说。

玛格回来了。他坐进罗里的车子和他一起离开。这问题不大的,他就说去商谈工作。

布兰登竭力记住他们穿过了哪些街道。他得记得返回的路线,不能忘了。到了公寓,两个男人往他脸上涂抹化妆品,说是要弄得不显眼些,把他倒腾得灯塔一般,可他只能相信这些人这么做是有道理的。等他上了车,他开始怀疑起来。后车窗打碎了,一眼看去就让人觉得这车是最后时刻被盗来的。天哪,拜托别这样。该死的后窗都破了。镇定,他告诉自己这可是几百镑的活儿,不少了。那几百又是几呢?不少又是多少呢?"不少"

这个词他可没数。他把手伸进去，清除掉碎玻璃，不敢朝肩后头看。

他很拘谨地驾着车。脸上的妆粉开始从脖子上往下掉，但是他不敢去抹。3月的阳光从挡风玻璃处照进来，可那并没有什么裨益。唯一的好处在于，晴朗的上午让后车窗不那么引人注目。两个女人正穿过马路，用手示意蓝天。如此寻常，那么确定，其中一人还把手放在胸口。同样的情况下，玛格也会这么做，会对着上苍诚意感叹。他得踩刹车，否则就撞上去了。她们扭过头来狠狠地看着他，其中一个还好奇地皱起眉头。他赶紧驶离。

医生漠然地坐进车子后座，好像一周每天都这样坐在他后面。这让布兰登镇定下来。这么做没什么大不了的，就是出于仁慈，别想着钱。我和医生在一起呢，这可比任何掩护都棒。他希望她别看出他耳朵后面结块的妆粉。他找到了正确的公寓群，还有正确的门厅和号码。他用手背随意地在门上拍了两下。那个带他上车的人开门让他们进去。他让布兰登站在过道上，自己带着医生走进了厨房。罗里没出现。布兰登站在狭窄的过道上，因为担忧而紧张起来，一边听着医生平静地说话。她要多长时间？等她再出来时，好像才过了一分钟。

"完事了？"布兰登微笑着问。

她失望地看看他，以为他不至于这么无知。布兰登一阵紧张，觉得很恼火，方才自己想放松，真是蠢极了。

"我们得回医院拿所需物品。你的朋友们说可以去妇科医院拿——妇科医院，你相信吗，好像他们认识那里的人——不过我想最好我去拿一下，"她补充道，"你觉得呢？"因为布兰登的表情很沮丧。

"他们不是我的朋友,我之前从没见过他们。"他说,一边觉得这话听上去傻透了。

"好吧,不管怎样,"医生说道,疑虑地抬了抬眉毛,"我们回去吧。"

布兰登没想过会这样,要开着一辆没准是偷来的车子整天在城里转悠。可是这会儿也没其他法子。返程时医生没说话,她显得心事重重。是因为车窗让她感到寒冷?他疑惑着。显然她也在冒险,他想。

"就停这里。"等他开到大门口,她说,然后迅速下了车。布兰登双手放在头上,脑袋什么地方搏动得厉害。让这一天快过去吧,可是理智告诉他恐惧还得延长。他假装自己就是个普通的出租车司机。他在车里四下看看,想找样东西擦掉脸上的妆粉,他耳朵里面都发痒了,肯定有粉掉进去了。他看上去肯定很吓人。医生又走了出来,一闪身就坐在了他边上,就在前排的位子,抱着膝盖上放的一只盒子。

"嗯,一切正常。"她说。

"去哪里,女士?"他问,而后她笑了起来。

他又放松下来。他喜欢开车,就像他喜欢干活儿。阳光明媚,照在墙面上,几个月的雨季让一切阴郁了很久,此刻真是令人欢欣。

医生说:"我唯一担心的是伤口太靠近颈动脉。要真是这样,假如我只是偏离八分之一英寸,那就麻烦了……"

布兰登一阵颤抖,又开始紧张起来。

"右边有一个洞眼,情况很糟糕,就是子弹穿入的部位。这个可以用过氧化氢来处理。可是另一边才是关键的地方,我觉得伤到骨头了,正好穿过;先是洞眼,然后穿了过去,打到了骨头,这是肯定的。很靠近表面皮肤,就在左边,皮下半英寸的地方,就这样,我很确定。如果你压得重一点儿,就能感觉到,虽然这么做很难,因为他非常疼。"

布兰登一阵反胃。

"我得让他们答应,万一出了事,如果他开始大出血,那他们就得叫救护车来。你会帮我吗?"

"如果您不介意,医生,先让我把车开好了。"布兰登说。他很高兴能开口讲话,这样他就能咽下口水了。

"哦,你可别满脸苍白地对着我。"她对他开着玩笑。

他最好打起精神来;如果他把车停在路边下去呕吐,肯定会引起人注意。但愿她能住嘴。他仿佛感觉到食指下面那男人脖子上的子弹。那里的皮肤滚烫发紫,都要崩开了。老天,这一天快点儿过去吧!

这一次他在医生的帮助下找到了方位。当他敲门时,同一个男人走出来,将他俩迅速拉进厨房。他比上一次更紧张。要么那个中弹的男人更糟糕了,要么在这窗帘紧闭的地方一直等着让他越发紧张。病人也在,坐在椅子上,脸色像石灰一样惨白,一边猛吸着香烟,眼睛因为疼痛凹陷着。其他人都聚集在他身边。

"拿到东西了吗?"

"拿到了,"医生摆出一副权威的样子说道,"听着,我需要有个人帮着,其他人都去另一个房间吧。"

"好嘞,"年纪最大的那个人说道,"好。"

"也许你愿意留下来帮我?"她对布兰登说。

"啊,不,还是让认识他的人陪着吧。"他说,这个答复从一大堆借口中脱颖而出,在他脑子里飞快闪现。

医生微笑着。"也对。"她说。

于是较年长的那个答应留下来。其他三人和布兰登则走出房间,要穿过狭窄的客厅进入对面的房间。

"救护车怎么样了?"医生说道,这时他们正拥挤在门口要出去。

"哦,对的。"布兰登停下来,其他三人也跟着停住了。"医生说万一那人开始大出血,我们就得,你们就得立即叫辆救护车来。"

他们沉默地看着他。

"她强调的是,如果你们不答应这么做,那她就不干了。"他补充道,这也是他的想法。他心里明白,如果出了事,哪儿都找不到这四个家伙的,只有他自己和医生会送那人去医院。真要是倒霉的事情发生了,他会陪在她身旁的。

"就听她的。"年长的男人说。

布兰登和三个男人走进了房间。那里除了两张光秃秃的单人床外一无所有。他们坐在床上,每张床两个人。布兰登都能闻到潮湿的气味。他身上至少有一部分还在运行。起初一阵子大家还认真倾听着,静静地等着尖叫声或警车声。没有声音,于是他们点起烟,开始谈话。他们不时朝布兰登点头,可是并没真想让他加入谈话,这样也好,因为此时他冷得要命。其中两人在谈狗打架,说真是惨烈,血啊肠子啊,残忍极了。布兰登正经八百地祈祷起来。第三人突然说:"有人要吃薯片吗?"其他两人说这点子不错。"吃薯片吗?"他问布兰登,口气颇有些轻蔑。

"不了,谢谢。"布兰登说,因为尽管他也许想让大家开心,可薯片压根不行。

"再来个汉堡排吧。"

其中一人得开车。

"可是万一需要开车去打电话呢?万一需要叫救护车……?"布兰登问,突然想起来似的。

他们看着他,三个人都很吃惊。"哦,那样啊,我敢保证不会的。"其中一人说。

医生把那人的脑袋斜到一边,往他脖子里注射利多卡因。她尽可能多等一会儿,然后拿出了手术刀。她的手连微微颤抖都没有。她内心有轻轻的震颤,不过这也许是因为有了挑战或强作掩饰的紧张。她让年长的男人抓住朋友的手,并不停地对他说话。他照做了,闭着眼睛,不停地说一切会好的,情况很不错。她切下完美的直线,轻轻地触碰子弹,将它移到开口处。她触摸并试探肌肉和骨头。她感觉到那男人软了下来,可是她捧住他的脑袋,让他挺住,而后尽力深挖,直到铅弹被取出来。

"好了,"她说道,声音里露出喜悦,她用镊子夹着它,"这下子你算挺过去了。"

那男人苏醒过来,她喂他喝水。他的脸色一片灰绿,豆大的汗珠悄悄地从脸颊上滑落。

"没事了。"她说,捏住他的手,想着他可真幸运——她也是——没有伤到颈动脉。她对他说话,接着缝针。"别动,如果你能忍住的话。"他没动,可是她听到他嗓子里面轻轻的抽泣声。她缝好了一侧。另一侧破开太多,她得尽可能保护好伤口。

"现在是挺疼,"她说,一边拍着他的膝盖,"因为我没法把你送去医院。我得给这个洞眼消毒,这超出了我的职责。"

恐惧如阴影般迅速漫过他的脸庞,于是医生决定少讲话,加快速度。她让他坚持住,抓牢椅子。然后她直接将药水倒在了伤口上,药水泛起泡沫,发出沸腾的嘶嘶声,她只好说自己很少遇到像他这么勇敢的人。余下的就轻松多了。她清理、擦拭、包扎着,然后写下详尽的说明,提到具体找谁,哪里去找,并对他说他真是棒极了。他点燃了一根烟,猛吸着,仿佛这样就能回归常态。

医生走出房间时,那个人正好买薯片回来。醋和消毒水的味道混在了一起。

"来吃点儿吗?"

"不了,谢谢你。"

布兰登和医生朝着城里的方向走。他很高兴车子使用完毕。现在他们都没事了。到了威斯特摩兰大街的比利酒吧时,她问他想不想喝杯咖啡。他表达了谢意,说不了,他得回家了。他们握手道别。布兰登正走着,罗里开车停在他身旁,给他一个信封,并开车送他回家。

布兰登决定一小笔一小笔地使用这点儿钱,只在境遇特别糟糕的时候用。这钱当然很有用,帮了大忙。他和玛格之间也只有这么个秘密,他渐渐释然。

几周后，他独自在家里，心不在焉地看着6点档的新闻。主播报道说有三个男人被指控持枪抢劫，其中有罗里，还包括企图谋杀罪，不久前他们和爱尔兰警察发生了枪战。**什么？和谁**来着？

"据确认第四人也许受了枪伤，此人也与该事件相关，警方正在寻找证人，尤其是相关的医生或……"

布兰登没有等到在9点档的新闻里确认事态进展。他给玛格留了张纸条，说自己突然要临时离开几天，去邓多克附近干活儿，一旦到了那边就会和她联系。他简装出行，他可不想让她注意到自己是真的离开了，等船顺利抵达利物浦后再告诉她吧。

玛格看到来信后，借了钱，来到德宁街52号的大门口。当时布兰登干完建筑工地的活儿回来，她就在那里。他泪流满面。

她说："干完了还回家吗？"她说会没事的，即便发生什么，他们也会一起熬过去，总好过看不到他，因为她能肯定的是，自己可不打算住在这里。

他确实回家了。什么也没发生，只是现在每次当他经过麦迪甘或海因斯酒吧时后背就会不停颤抖，那里的店主曾经是欧博恩。

去公园的日子

　　夏日的第一天，她们带着椅子和孩子们去公园，她们可为这些孩子骄傲了。大家为黑暗终于过去而感到轻松，不停地反复唱着《好日子》这首歌，没准儿对阳光的崇拜才让她们拥有了夏天。你简直没法相信这么寥寥几幢房子里居然会有那么多的孩子——你很容易就忘了凯斯琳的第五个孩子，而布莉蒂在冬天又生了一个，这很自然，你从没见过他，即布莉蒂新生的孩子，因为天实在太冷了。假如你看到了，布莉蒂就是个坏妈妈，虽然其实这里的妈妈并无好坏之分（哪怕肚子里还怀着的那些），只是妈妈而已。那是某个周四的午后，附近干活儿的那个男人吃完了中饭。这之前没人会去公园，并非为了顾及那个正吃饭的男人杰克的感受，而是因为杰克的妻子直到那时才有空。没有什么比看到其他女人前往公园更让一个女人感到家庭的束缚，而这阳光明媚的日子尤其让她感觉深受家务之累。

　　在这个国家，去公园的晴朗日子真的屈指可数，去年一共十五天，前年才两天，大前年十天，还有一年上帝大概忙着其他事情，忘了转换温度，或者是决定要耍耍大家，让他们为此后的五年哀伤，竟然有四十天。该国的女人毫不怀疑上帝是男性，现在上帝是个男人。不幸的是，对这个家伙而言，不存在"过去"，只有"现在"。有人觉得那个男人自己本身是对的,但替他做事的家伙把整件事情搞糟了。也许这话没错,他可能原来是对的。也许吧。可这很难让人相信,尤其是在一个只有一年有四十天晴朗日子的国家。

女人们为去公园要做的各种准备还真让人惊讶。一张轻便的折叠躺椅、防晒油、洗脸方巾、三明治(这样就免去了6点给孩子们准备茶点)、摆放三明治以及让孩子们坐的小地毯、太阳镜、小而轻薄的连衫裤以防天气突然转冷、各种饮料、孩子用的抗菌药物、婴儿玩具(去年夏天怀孕的女人们早备好这些了)、婴儿奶瓶、一张尿布和所有的婴儿用品,还有用来买冰激凌的零钱。

2点10分,所有的门都开了,大家一下子拥出来,在所有装备后面几乎像是隐身的。她们把孩子们喊到身旁,有些孩子方才还在室内,这会儿恍恍惚惚的,还有一些早已在室外了,晒得通红,又渴又顽劣,还脏兮兮的。

"瞧瞧她的脸。过来,让我给你擦擦。真丢人。"她用洗脸方巾用力抹着孩子的脸,让孩子在自己朋友们面前丢脸,可是大家压根儿没留意。

他们走着,丽塔跟在后面。她不是去公园,而是要经过那里前往商店。她不经意地想,要是明年夏天,或是今年的长一些的话,她们就会让她加入,可她又觉得还是不被邀请的好,因为如果大家失去兴趣了——她们一定会的,当她们意识到她是什么样的人,以及为何会这样时——那大家就不会像陌生人一样相互随便评论了。她们和她现在还能寒暄几句,还乐意对她讲几句赞美的话,那都是出于好奇,因为她是新搬来的,而要是这好奇没了，那就完了。

她越是说"你好"，她们就越是想了解她。她越是感到这些人的好奇心，就越是害怕。那个长相鬼鬼祟祟的女人，她穿着尼龙家居服，太老了都不适合去公园了，她又开始擦拭起那些铜器。她这是在骗谁啊！当然，孤独总比死了好，但丽塔可不指望让人觉得她善解人意。

丽塔走在这些人后面，花园那头的这些垃圾让她恼火，它们好像被乱丢在一起。冬天时她可以盯着自己的脚，不去看它们，她也的确是这么做的，可是今天阳光把它们的影子拉过了街道，进入了她的眼帘。真得找辆推土机来，把这些东西都铲了。她对古旧的粮仓、土墙做的牲口栏，还有连成一片的鸡舍毫无感情，她觉得只有推土机才能清理所有的垃圾。她丈夫可不会答应。可是在他家乡，田野紧密相连，绵延成一大片，无论平坦起伏，偶尔点缀其中的住宅倒显得空间局促，因此得有简陋的外屋挡住青草的肆意蔓延。她的家乡具有规整的几何对称，后花园的建造只是出于房屋的高级需求。

她经过了公园，看到这些人。她们所属的年代还在单只耳环成为时尚之前。她们笃信两只耳朵得有两个耳环。手指是她们唯一认为可以单个区分的个体。她们戴上戒指，更重要的是，她们在一根手指上戴一只戒指，有时候另一根手指也戴，粗俗和难看程度各异。戒指标志着她们的自我否定和伤害的程度。丽塔看到那些戒指在阳光下闪烁，从反光中辨认出哪些是最廉价俗气的。女人们看到她会有不同的想法，这些想法和她本人没啥关系，只是关于她这一类人。

"你是没法让他满意的,不是雾霾,就是尘土或口音。老天,你听过有人会在乎口音吗!"

"那她是怎么和他相处的呢?弄得她也很怪异。"

"她怪异的地方何止一个,不过我可不想多管闲事。"

"啊,没错。"

最后她们心里都明白,她唯一滑稽的地方就是她们都不了解她,还有就是她嫁给了一个乡巴佬。这也不是什么跨不过去的隔阂。

她们安坐在椅子上,看着下一代聚在一起玩,愉快地将孩子们与公园里其他的一群群小孩作比较,意识到自己是众多公园人口中的一部分,这些人可是引发了能延续几百英里长的脐带。大家不经意地说着并无关联的话语。只有和悲剧或丑闻相关的谈话才会有语篇联系。不过她们的沉默可不光光是不说话,它是一种解释性词汇和恼怒性词汇之间的时间空隙。

布莉蒂用眼角的余光看着自己的孩子。肖恩总是脏兮兮的,这个婴儿总爱咬"睡宝"[①]的边沿,手腕通红,胖乎乎的,潮湿加剧了皮肤上的皴裂。这会儿他正吮着自己的连裤衫,要么就抓自己的腰部位置,每天晚上上面都留下手印。他的毛孔好像会吸收街上所有的灰尘,伤口常常化脓。安妮就很乖。她早慧,很干净。她也会有孩子的,一想起来就让人受不了。她和哥哥们玩起来一副专横的模样,好像很懂似的。

"将来她会2点半放学后去参加宗教活动,祈祷上帝。"送她

[①] 睡宝(Babygro)是一法国产婴儿睡袋或连体衣品牌。

去学习宗教将是下一步的事情了。

"我昨天花了一整天时间出城,议会外面尽是警戒哨。他们应该把那幢建筑移到下面的地区,不要阻挡那些想要回家的人。移到那里后不会那么快就设警哨的。"

她们在躺椅上移动着肥胖的身子。嫁人后的日子通常并不好过。凯斯琳在预产期临近时坐在城里银行的台阶上,连动一下都难受。当时是星期六,银行关门,他能在哪里呢?这让她的丈夫很是愧疚。

结婚初期还没孩子时,莫莉常常会去看望上班的丈夫。她觉得这么做很好,再说她一个人也孤独——婚礼前她一直拿十一镑钱,扣完税只有五镑,所以短期工作也没啥意义;公共汽车费都要两镑。有一天他让她别去了,说为了两个人都好,她应该在新家里适应起来。单位的其他人要说闲话的。

"可是我谁也不认识啊。"

"不久你就会认识其他母亲的。"

他微笑着,她也笑了。这是一种微妙的排斥,为以后更大的变化做好准备,例如推着婴儿车走进超市,心不在焉、漫不经心、很随意地拍拍其他女人的肩膀等。后来她就不再去了。

布莉蒂的男人,在他还年轻时,总是一个个国家地不停奔波,不断地积累经验,在欧洲大陆到处跑,也没做出多少值得自豪的业绩。他只有一次曾说过"我爱你"。他喜欢不同的文化,会讲点儿法语,这让他比街上的其他男人多些优势,可对布莉蒂来说毫无用处。

迪尔德丽的男人,即那个酒鬼,在抚养孩子上也算尽了一份力。他在酒吧里有时会很严肃地谈到孩子们，尽管醉醺醺的。有一次他还从邮电局工作的人那里为孩子们弄来了首日封邮票，真是凑巧，因为那人正好在他旁边喝酒。这可是女人做不到的。

凯斯琳伤透了母亲的心——"妈，我不想告诉您的，可是想到我们今天要出门，而这事一直盘旋在心里，我都一直瞒着，这对我不好，对事情也不利，对您也不好，我怀孕了。"

凯斯琳叹着气。布莉蒂把自己静脉曲张的腿搁在婴儿车的轮子上。这一切，肥胖、静脉曲张、叹息，都是这个国家的常态。你可别信广告商们在厌食症狂想中捣鼓出来的那些曲线婀娜、毫无皱纹的画面。

"天真好。"

"有一次医生告诉我妈，女人最糟糕的是两样东西：熨烫，还有第一眼看到阳光后不丢下所有东西立刻出门。"

"哎，天可真好。"

"我想抽烟，真好玩有时候你就会想抽，可有时就不想。"

"我以前都不知道你抽烟，莫莉。"

莫莉提高了声音，受了惊吓似的。"抽烟，抽烟是吧？我可是老烟枪了。开玩笑！我都差点儿把自己烧了，包括嘴唇、裙子、胸罩、内裤。整天抽，一根火柴就够了，不停抽下去。"

"那你抽啥？"莫莉这一番激动后，这话既不像提问，也不像陈述。

"奥尔巴尼。"

"这是一种特殊的烟吗，我怎么没听说过？我以前一直抽伍德拜恩牌。抽伍德拜恩可死不了。"

"快到茶点时间了。"

那天真惬意。没有孩子擦破皮,也没人严重受伤。有争吵,但不足以挨揍。有一个女人,不是她们那群里面的,她揍了孩子一顿。她打女儿是因为那孩子不停吵着要荡秋千,还踢她的后背。女人们都点着头,露出应该打、打得好的表情。于是那个母亲就打得更凶了。再这样打下去都要出人命了,可是大伙儿都渐渐表示不赞同,那些"消消气、会好的"呼声终于让母亲消停下来。是的,那天真不错。

丽塔回家路过时,她们正在收拢东西。大家拖延着,让她先走过去。大伙儿都不喜欢她这类人,真的,没有孩子,搬过来住在出租房里,引得人们很好奇,还一副淡漠的样子。

"比起嫁给一个乡巴佬,习惯一个乡巴佬更难受。"

她们笑了。她们也许会说她很不开心,但是又不承认真会如此,这是城里人常有的刻薄姿态,尤其是人多势众时,尽管有些人因为人多而可有可无。她们露出不屑一顾的表情,把眼前的窗帘往下拉一英寸,乡村的人可从不会这么做(没准儿你二十年后会需要邻居,等余下的人都搬去了美国,或都柏林)。

当大家精疲力竭地走近家门时,人人都热坏了。看到家慢慢近了,孩子们号啕起来,他们还没在公园玩够呢,才三个小时,妈咪,每个人都想挣脱,想凭借群体势力,达成个人的愿望。公园当然好啦——空气流通,这些人平常都住在盒式房子里,厚重的大门和墙壁挡住了一切污秽——可是人们还是不愿意一辈子都住在公园里,也不会乐意在自己家里表现得就像生活在公园里。

不多久你就觉得其他人好烦,哪怕阳光明媚,这就是为什么住出租房的居民不可或缺的原因。街上人人都能分享对他们的怨气,这样就能避免严重的街头大战。

丽塔明白她们在想什么。有时候,在凌晨4点——她常常会在4点醒来——她会往外看,看见那些人家里的灯光,她就觉得可以原谅她们,因为一个女人在如此的非常时刻还在拼命哄着饿了哇哇哭的婴儿,谁看到都不忍心啊。丽塔曾经也有过孩子,那个孩子夭折了,从此她都不敢去想。人人都在猜测究竟发生了什么,但孩子没了就是没了。不过丽塔挺过去了,后来她没事了。要是街坊们知道了真相,大家一定会报以同情的。丽塔唯一遗憾的就是无法与其他母亲共享公园里的晴朗日子。她注意到母亲们在那些日子里是怎么巴结孩子的,以弥补平日里的各种不快,诸如砸向孩子后背的那些密集、猛烈的家庭暴力,当时男人女人都态度坚决地要好好教训孩子,而孩子们则绷住神经等着偿还的时刻到来。他们之所以能这样是因为心里都明白,母亲很快就会补偿自己的,那当然就是在公园里咯,如果天气晴朗的话。丽塔本该乐见这种弥补细节的。

终于,布莉蒂问丽塔是否愿意和她们一起在公园里坐坐,就坐几分钟,稍稍休息一下。丽塔将腿在身前伸开,对自己说,这下我可得走了。她们忙着聊天,好像就看着日子一天天重复运转。丽塔那时可没尽想着自己,因为她觉得不可以这样;每个妈妈都在对她强调,说她真的很棒。第二天下雨了。云层遮住了她们曾拥有的那点儿阳光,丽塔开始整理行李。在她和那位乡巴佬丈夫离开前,她与大家道别,她敲着一扇扇门,没等大家了解她就走了。一周后，假如你真能在墙上挖个洞偷窥的话，就会看到她们正擦着鼻子，拍打着裸露的大腿，偷空休息一下，晒晒衣服，一次次弯腰俯身对着宝宝们，这种姿势准会引发背痛，这时有租户搬进来，雨倾泻在所有人身上。

最后的告解

我向你保证，她以前绝对是正常的，现在也绝对正常。如果我稍稍告诉你有关我们童年的事情，关于那时我们有多正常，或者我不对你说，直到后来发生她做的那些事，你就会指责是我欺骗了你，是我让你以为她很正常的，可是，如果我先告诉了你，你又会觉得她就是干这种事的人，你就不会相信她曾经很正常，现在也如此。我自己也纠结了很久，我会像过去那样对待现在的她吗，我这是在愚弄自己吗？或者说，我会想到她给我，给所有人，给她自己造成的混乱吗？可这样就是在否定事实，否定真相，拒绝承认她是一个完全正常的人。

她是我妹妹。我比她大三岁，就我们俩。我讨人喜欢，因为我是男孩；她也讨人喜欢，因为她是女孩。我们相互喜爱，也许我喜欢她多一些，因为哪怕在冬季她都能把阳光带进屋子。我们无话不谈，还喜欢戏弄对方。你这样看事情真奇怪，我们喜欢这样说，虽然目的只是让对方回嘴过来。想到我俩可能有点儿怪，我们都很开心。真是不可思议。有时候她做了我刚做过的事情，我就想说她是学我样，因为我觉得自己很没有存在感——妈妈对邻居讲述事情时，甚至会混淆我们俩说的话——可是我又不敢说她，因为我害怕她会伤心。不过，这样也有好处——如果我的言行值得学样的话,那我不就有了存在感,是吧?

其他时候,当我提议干点儿冒险的事情,例如从干草堆顶上跳到谷仓地上,她会说,"没错,就是你教唆我做的",尽管我根本不会竭力说服她这么做。有时候她会说这种话,就是想弄明白这话听起来如何,因为它们太不像爱尔兰人的话了,都是电影里的表述,虽然我们在莫纳亨并没有电影看。她是从哪里学来的,这我不知道。在一些方面她比我学得快,诸如使用新词、掌握新观点等。尤其是在阳光下。后来她告诉我,这是因为她是水瓶座的,可我才不相信这一套呢。我觉得就是因为阳光。公路干爽的日子,路面甚至是白色的,阳光一路铺洒着,用"灼烧"这个词则太过了,你得想象天气炎热时空气中有尘埃,虽然这么形容不免夸张老套。我们的影子延展在前面——黑暗的冬日痕迹刚消散——我们就在各自的影子上跳舞,直到踩不着影子,心里恼火起来,或是不想跳了。我们让影子沿着树篱笆往上走。其实这种踩影舞蹈不只是为了好玩。如果我们真的玩厌了,就会扭转脚跟,不怀好意地踩在对方头上,假装是在开玩笑。有一次她的影子和我的交叠起来,她便让我许诺不和她吵架。这倒不难,我本来也没有这个企图。

过了一段日子,她十三岁,我十六岁,我们的友谊变了。她依然很爱我,可是我却把精力放在了在她面前树立形象上,这可不是爱。我以为是,可现在明白了这不是爱。又过了一阵子,我放弃了这种荒谬想法,又成了她真正的朋友。她似乎领悟了很多;她甚至比以前话更多。我都跟不上她了,我甚至没法一边正常说话一边思考。我得先把话想好,然而要说话时,如果没有足够时间慢慢讲，我就又忘了。这种时候我就恼火地咬着嘴。可是她能边说话边思考，还能同时让我注意到，要是我不停地咬嘴巴，会把里面咬出一道道皱纹，这样我的感觉就更糟糕了。

她这么不停说着，却依然能思考，正如我所说的，她能同时讲话和思考。她总是让我觉得自己好像在学她样，虽然我心里明白这并非事实。可是我不得不承认这一点，当我的头发长到领口下半英寸时，是她整日整夜地为我捍卫它。她这么持久坚忍地与父母抗争，你都以为不守规矩的那人是她而不是我（用"规矩"这个词太轻了，用"行为准则"也不够重）。可是，即便当她在为自己，为了裙子的长度和父母抗争时，她也会在我面前为父母说话。我会说——当然这话是不会被他们听到的——要是他们都戒烟的话，就会有更多钱给我们买衣服，这难道不是他们的责任吗？她说不，父母也有自己的权利，如果他们想要害死自己，那他们就有权抽烟。这类话题她可不喜欢多谈。成熟在某种程度上就是逼迫自己对某些事情有所关注，例如谁谁昨天去世了，他们和谁有关系，多大年纪，死因又是什么，等等。可是她不要谈论这些事情，她说生命中有比死亡更重要的事情，她有更好的事情要想。有一次她说自己最讨厌别人在说"你知道什么才是让我觉得悲哀的吗？"这话时的口吻，那话里居然会有欣然和喜悦的意味。她可是真讨厌这样子。我记得有一天她提到了这事。我真该相信自己的，真该明白那天确实如我所想的很有纪念意义，当时我们各自用一只脚顶着墙壁，一边讨论死亡、生命和爱。我真该相信自己的，我本来也该感到快乐的，因为当时生命并没有如此复杂。

我到了一个新的城市——应该说，我到了一个城市里。有时候我依然记得，每天来到那条街上，我有多骄傲；我关注细节，现在我都发现不了这些细节了（我甚至都想不起来都是些什么样的细节）；我当时觉得自己的生活就是一个漫长的、受之有愧的节日。可是我想念一些事情，大多是关于我妹妹的。她在前往自己的新城市途中顺道来我的公寓。我们几乎聊了一整夜。她问我是否听见一个人会这样对另一个人说，"我受不了这事或那事"或是"当……时我真是愤怒"或"我本不该……"而另一人则这么回答，"我也一样"。她说她一直很想回答，哦，我不是这样的。我们还谈到信念的失落。那段时间人人都会这么说。摆脱虚伪是多棒的事情。那是如此美好的一晚，次日一早我为她送行，为她感到兴奋，她也很高兴。

她在外生活了五年。我也过着正常的生活，同时，我觉得自己很想念她的锋芒，我尽量想忘掉，让它显得稀疏平常。等她回家后，我确信自己明白了想要知道的所有事情。我很确信，我觉得我们失去了彼此无条件的爱。我们彼此对话，却并非交流。可是我们依然相爱。也许我有点儿担心她，因为她依然保有年轻时那吞噬一切的好奇心。我可受不了这种恒久不变的好奇心。她会坐下来，一谈几个小时，讲到某些政治问题，不只是信手拈来，而且是迫切想谈这类话题，仿佛这是我们的义务，我们的生活。我只觉得政治是一个相当巨大空洞的游戏，是别人的游戏，事实如此，将来也一样。她忧伤地看着我，但是以她的方式接受下来，然后开始谈论我们的个人生活。她现在依然可以谈这些话题。我那无条件的爱又回来了。

当我告诉她自己要结婚时,她说她个人觉得结婚粗俗可恶,是基于男人对女人的占有。我说反之亦然。她便说,"并非如此,你也明白的"。她眯起眼睛,嘴唇抿得格外紧。平心而论,我知道她的话有道理,可是我希望有私人空间来独自承担个人的烦恼,崩溃时可以不被人旁观或评头论足。

她来参加婚礼,俨然成了我所见过的最优雅和蔼的小姑子,她衷心祝福我的妻子,即便丈夫是我,她还在为新娘感到担忧!我们要上车离开时,那个瞬间我崩溃至极,因为我意识到她多少对我心怀失望,可是你们得顾及我的立场,婚礼又不是天天都有。等妻子和我坐车离开(大家都被老套的旁敲侧击弄得很尴尬,而事实上我们几乎对彼此的赤身裸体感到了厌倦),她开始摆出一副优越表情,可是我明白她并非真心如此,她只是不想觉得被孤立罢了。

啊,没错,其间长达五年时间,那是最漫长的一段日子。

大约一年后,我收到了一封最怪异的邀请信。我被邀请前往拉姆康德拉的主教宫,那里位于拉姆康德拉公路,当时差不多就在甜柠檬工厂的对面,至今依然如此,不过现在没人在厂里工作,所以我觉得不该真的管它叫工厂。信纸上有一个盾牌浮雕图案,虽然信封很平常。我开玩笑地对妻子说:"你可没有申请分居,是吧?"我疑惑不解,不知究竟为何,可是他们彬彬有礼,虽然不肯在电话里解释,但几乎是恳求我务必到场。倒不必担心我拒绝,因为我充满了好奇,简直迫不及待。

抵达大门口后,我开始紧张起来,觉得自己就像是被传唤去做行为解释,被要求在死前坦白罪行。我一直相信,真到了那一天——如果真有上帝的话,这你懂的——死亡会让我多些成熟,我能够为自己的所作所为给出一系列合理的借口,可是在死前告解,我可还没做好准备呢。我之前从未到过主教官大门口,嗯,这可不是你想去的地方。就在那里,那阴森森的大门似乎要吞噬我。

其实我撒谎了。我曾经到过那里。2月的一个晚上,那一天从早到晚都像黑夜,我和妹妹约好要一起喝酒。上班时她给我打了电话,语速飞快地说她会在主教宫外的警戒哨那里,问我能否到那里接她。到时见啦。于是我非得去那里。当我抵达时,雪下得更大了,徒劳地想要让一切显得洁白。天冷得让人想哭。可是女人们都很开心,越是面对这样的极端天气,她们就越是欢声笑语。反正比我开心,我不得不承认,比我快乐,我心里这么想着。她进入车子时就像一个冰球,可是几杯热威士忌下肚,她就说自己融化了。我可没这么觉得,不过我顺其自然。然后我说:"你要不要再来一杯其他什么好喝的?"她便愉快地说:"好的,只要是在敦劳费尔①,在北墙码头或机场。"

唉,这次我可不仅到了门口。那条大道简直吓人。我肯定不是头一个这么认为的,因为在第二次梵蒂冈大公会议之后,他们砍掉了通往很多教堂大门的树,这样人们就更能融入其中,不那么害怕了。每次想到那一天,我就会想到自己对那条通道的感觉,因为这感觉既很重要,又无足轻重。

主教告诉我,说我妹妹遇到了麻烦,他问我能否告诉他一些

---

① 敦劳费尔(Dun Laoghaire)是爱尔兰一个港口城市。

有关妹妹的事情。我很简洁地答道:"您说什么?"意思其实是,你算老几,把我当成了什么?然后他说:"我们觉得最好告诉你,而不是你们的父母。"我说:"什么?"意思是,你这算是在威胁我吗?(在这种情形下,我稍显不够成熟。)他说:"实话实说吧,你妹妹在威胁我们。她伪造了几位教士的照片,形象有伤风化,还说要把它们公布给报纸。我们当然不能允许这么做,也不会允许她这么做。"他补充道:"也许你能帮我们,我能理解你一定很震惊,我相信你一定不了解你妹妹的个性,(我有个模糊的念头,这怪老头还以为自己是谁啊?)所以我让你好好考虑,明天答复吧。"可是我不知道她在哪里,我想,一边不由自主已经听从了对方的话。他放我走了。

当我走出大门时,脑袋剧烈地疼起来。我真想掐她的脖子!可是我接着又笑起来,笑容转瞬即逝。有天晚上我们俩相互交流自己的尴尬感受。

"你知道,当你坐进出租车前座,却发现坐错了车子,刹那间你意识到错了,你想对司机说,抱歉,我还以为这是我自己的车,可你就是没说话,他也没说话,你看着车窗外面,向上帝祈祷旅程赶紧结束。你甚至想到要爬到后座,可是觉得这样更糟糕。我最讨厌这种情况。"

"上周我正好在听传统歌曲演唱会,非常传统,坐在我旁边的一个男人开始唱起《流浪者》,于是所有人都朝我们瞪眼,我很想跳起身说,我们不是一起的,真的,我发誓不是的。"

"或者是医生暗示你脱下衣服,坐在沙发上,你脱得精光,他却转过身来说,'我只是让你脱掉裙子',你脸红得滚烫,然后他说,'不过如果你觉得开心,这样也行'。老天,你觉得自己逊毙了,居然要吃医生的豆腐。"

"我的更糟糕,有一天我正好站在银行抢劫犯身旁。现在每次走进银行我就想说,听着,听我说,我可不是抢银行的,我只是在他边上站过罢了。"

这些糟糕的时刻。好吧,这一个可是技压群芳。

一个星期来我一直盗汗,整日整夜如此,无论白天黑夜都做噩梦。主教不停地联系我,都影响到我的婚姻了。我妻子说,做天主教徒是一回事,可每天都接到主教的电话又是另一回事了。这让她没法正常过日子,她说。这当然影响了我们卧室的氛围。后来我妹妹打来电话,这和他们推测的一致,哦,他们总是料事如神。

她告诉我,她那天笑翻了,因为在公共汽车上有个老男人坐在她旁边,在到达拉斯敏斯公路前的一半路程中他都一直在画十字祈福。也就是说她人在都柏林,好吧,反正我是知道的,因为一直有投硬币的声音。她说她觉得这是个好主意。那个男人很开心地说:"你是说为自己祈福经过了教堂吗?准是的。"她说:"哦,我之前都不知道那里是教堂,我还以为你是因为经过妇女受虐保护中心才自我祈福的。"

"胡说,"我朝她嚷道,"该死的你在想啥啊?"老天,这时候我多希望事情简单些。我不想知道她为何要那样做。我不想有任何联想,我只想知道下一步怎么办,同时我很高兴她一切都好。

她说:"你还记得那次聚会吗,当时大家在讨论最后的告解?"是的,我记得。当时他们交流着,我就站在边上等。他们的声音越发激动起来,我得说其中有一些真是滑稽。"神父,我犯了第五诫。"她的本意是她犯了通奸罪。后来她想,当他以为她杀了某人时,怎么还会如此镇定,她这才明白,如果她能记清戒律,他就不会这么轻松了。这让她深思。接着另一个声音道:"我说,'神父,我犯了性挑逗。'(慢着,请问,什么是性挑逗?)神父问我是否打算和那个男人结婚,我大吃一惊。'那么就离开他。'其实放弃告解反倒容易得多。"教士询问起来常常是这样的套路:你这话的意思是?他是怎么做的?你觉得这么做开心吗?我就这样等着轮到自己说,那可是个很不错的故事。他们都笑了。不过我走开了。我本来就只想叙述,不想融入其中的。他们太过严肃了。他们似乎想从谈话中总结出大家所受到的集体伤害。也许是因为我受到的耻辱毕竟并不算太严重,教士也是人。是的,我记得的。"嗯,我有了个主意。"她说。她要报复。

就这样她戏弄了三名教士,实际上是四名,多少来着?我沉吟着,没准有六位吧。这不难。她后来趁这些人睡着时拍了他们的照片,是掀开被子拍的。她对一些人进行描述,关于他们对她的告解,关于照片,并让人拍她和其中一个人的照片,而且是在那人不知情的情况下拍的。这难道不是冒险吗?可那时她兴奋得失去了理智,她说自己这么做是为了炸开这彻头彻尾的虚伪。"我是说**彻头彻尾**。"那时我很不耐烦,好吧,好吧,好吧,可是你不能这么做。我接着说:"难道你不会受困扰,和教士上床睡觉?""哈哈。"她说,还补充道,并不是男人才能享受复仇的乐趣的。

她不愿来见我。"哦,拜托,来吧,这样我还能劝劝你。"不,不，她不肯来。可见他们想错了，他们还说她绝对会来找我。

接下来的周六报纸登了一条消息，说照片确实是存在的，还附上了我妹妹未经签名的声明，她说自己并不反对教士有性行为，只要他们别假装说自己没有，只要他们公开承认，并对法律做出相应调整，对任何人都豁达，不要再愚弄群众，云云。主教们也登了一个声明，是关于某个疯子的勒索信，说她捏造了几张她所谓的教士照片。他们说不知道这人是谁，并说愿意不再追究此事。居然不知道她是谁，哈！

好吧，那么次日上午我们街道周围到处是警车又是怎么回事？他们在那里待了一个月，很快街坊们便知道了整件事。是警察告诉他们的，为了解闷，并希望人们理解。这事可真让人受不了。于是我们把房子卖了，搬到了这片荒野地带。邻居们不会看到警车，这里也没有邻居。

我妻子从不提我妹妹。我也不提。可是，唉，我常常会想到她，有时候总想她，就像这会儿。

逃离凯尔特虎①、世界音乐及千禧年

一提到三件事情,即凯尔特虎、世界音乐及千禧年,安妮·玛丽·麦克格伦准保会疯了。有人曾见她朝天挥动拳头,简直就像人们在摇滚音乐会或克罗克公园里的举动。也有人见她在一群引人瞩目的人当中,一只手抚着前额,另一只手真的是在一根根地拔头发。还有人听到她的声音,是的,听到了。

究竟是什么,会让这些词语搅乱她的脑子,让她近乎歇斯底里地狂呼?其中一个很糟糕,确实糟糕,是从摇头晃脑的经济学家的嘴里溜出来的两个单词。差不多与此同时,有三个家伙正坐在伦敦的酒吧里,说出了**世界音乐**这个词。**世界音乐**专对那些脸色苍白、不喜欢民间音乐的人的胃口,他们觉得民乐太花哨、太民族、太痛苦。懒惰的人们也喜欢它,他们最烦如何辨别保加利亚和安第斯音乐。**凯尔特虎**则适用于那些需要烟幕的敏捷人士,他们躲在烟幕后面,这样就能避开那些依然生活在丘陵地带的贫穷卑劣的人们,可以不管什么新金融中心、彩色移动电话、暴涨的房产等。**千禧年**是个捏造出来的日子,就是为了让她感到惊

---

① 凯尔特虎(Celtic Tiger),又译"爱尔兰虎",喻指 1995—2007 年爱尔兰经济爆发式发展时期,但这一繁荣到 2008 年突然中断并发生了 14%的经济下跌。

吓，对时钟敲响十二下时究竟该住到哪个国家而压力重重。

她干吗要对这些词忧心忡忡呢？它们和她又有什么关系呢？每当人们喝着寡淡的茶，到最后他们终究会不说"真好喝"的，而且也不需要她亲自去阻止，难道不是？那她的问题到底是什么呢？她又没在编写词典。当然有人根本不会想到这些词是否重要，也不会真动用感情去思考这些词，可是在安妮·玛丽·麦克格伦看来，它们就是生死攸关，或者至少举足轻重，就像挺直了脊梁走路和在路边徘徊着琢磨一串词汇，两者是泾渭分明的。换言之，就是生和死的差异。最近她又陷入了旧麻烦——新词越来越多，太俗气、太浑浊了。她觉得努力适应当下的表述是很重要的，否则她只能逃跑，这一次她竭力要站稳脚跟，看看究竟会冒出什么新的东西来。因此她尽量压抑自己的恼火。

年轻时，她曾经花了大量时间思考自己究竟应该从事什么职业。

"我想当修女。"

"不，你不会的。"

"我想当牧师。"

"不，你当不了。"

"我想成为母亲。"

"这又不是一份职业。"

"那我当医生。"

"你姨妈就是护士。"

"当水手。"

"哦，老天哪。"

"妈，为什么有些地方的大海更深？好像并不是有人造出来的。"

"我得去把那些落叶扫起来。"

这是她父亲的话，他这是故意让她母亲来回答最后一个问题。他是个会把很多责任丢给老婆的男人，不过他也会买很多珠宝给她。

她的堂兄弟们从美国来。大人们不许他们读报纸，上面有太多暴力、灾难的消息。哪怕一时没有什么坏消息，新闻还是会报道什么大枪杀周年祭等。如果没有人读报，安妮·玛丽的家就很有趣。她也许会去美国，这样的差异只会有好处。她的堂兄弟们当时还小，他们认为如果你想当总统，你就能当。哪怕不看报纸。她却总是说"抱歉，爸爸，我不够好"。

"我要当爱尔兰总理。"

"你连共和党都没进呢。"

安妮·玛丽后来离开家乡，满世界干不同的工作，她在两个大洲打扫过卫生间，在美国做餐馆服务员——我叫安妮·玛丽，有什么需要的尽管喊我，一切还好吗？您要看甜点菜单，好主意。她还在昆士兰大学里凿过建筑的滴水口，这活儿不难。她和自己国家的其他人一样，遇到事情时十分达观，融入了国家的历史中，那其中有饥饿、失语、流离失所、乘船远渡重洋，若是幸运则抵达美国或澳大利亚。她真正想干的工作是挥舞旗帜让飞机停在指定位置，可是她没找到相关的职业培训要求。

安妮·玛丽成了渊博的旅行者，能四处随遇而安，从堪萨斯到加德满都，各种谈话都应付自如。她把自己的生活像游客的行李般随身携带。她看着人们在疲惫时拖曳着行李，都累得没力气说话。一觉熟睡到早晨，他们又蝴蝶般振作起来，在每一缕阳光、每一只孤独的云雀那里感受到整个夏日。她的行李箱成了她的生活，她把心也装在其中。

可是渐渐地，她开始想念一种语调。她好像该回家了，去看看那里是否安全。在家乡，匆匆经过那些前往游客中心的人们，那感觉很好。

动身前，她给老朋友们打电话。

"你无法改变世界，只能改变自己。"

"假如你坚信自己无法改变世界，宁愿只关注自己的话，那就无法改变。"

"是的，改变自己才更重要。戒烟，就能减少污染，这样也是为大众谋福利。"

"胡说。"

"我想你是该回家了。"

"我就要回家了。"

她的老朋友们都是自发改善政治。她曾对一位天主教徒说到这事。

"我都迷惑了，不知该作何感想。"他说。

小时候，她发现有两种办法可以引人关注，一种是生病，还有就是失踪。然后她明白了两者中哪一个更有吸引力。生病能听到安慰的好话，要喝很多热茶，被人盖起被子来，就像要被裹起来送到什么地方。失踪则有更多额外福利，可是体验一次后，这些就没意义了，因为她又不在场，没法享受。所有这些想法都是带妆彩排，就是为了返场表演。

首先是驱车度假。天气晴朗。

"我都记不得曾经有过雨季了。"

人们对此微笑，都背着她。他们并不总能引起她注意，而这理由充分。日子清新明朗。她留在身后的人们都在努力拼搏，振兴祖国，要把这里建设成一个成熟的国度。他们并不喜欢那些在泳池边长时间喝鸡尾酒的人，因为这时他们正在结冻的游行线上跺着脚，所有的参与者几乎成了统一整体。这些人并不总能引起她注意，这是其中一个原因。她像筛网，过去的朋友从她身上穿过。他们有些人现在有了权势，能够以此伤害她。可是其他人带她回到了起初的状态，她很快就熟悉并抱怨起来，和大伙儿打成了一片。

那是很久以前的事了，大约半年前吧。

在阿诺特的化妆室里，女人们大声聊天，肆无忌惮，讨论怎么掩盖皱纹。也许一直是这样，可接下来就不同了。有两个人在安妮·玛丽家的街角接吻，这种深吻如今在大街上很少发生，因为人人都有地方可去，那里可以更不受限制。这两人都是接吻好手，高度适宜，嘴的动作流畅有节奏，就像舞者回旋自如。当时安妮·玛丽很高兴。正在这时男人的手机响了。他把手伸进了口袋。

"你可不能这样，"安妮·玛丽高声喊道，"继续吻。"

那两人瞪着她。

"接你的电话。"那女人说，因为想到有像安妮·玛丽这号人存在可真糟糕。

那天晚上在休斯酒吧，在常客们当中，在角落的聊天中，她听到了"世界音乐"这个词。接着出现了"凯尔特虎"和"千禧年"。说到这些词的那对男女露出了同样的笑容，就像拉链的两头能彼此契合。安妮·玛丽立即就停在了前往吧台的半路上。因为纠结于自身的烦恼，加之烦恼的类型，她有了自己的生活。她将这些烦恼加以区分，一种在家里，一种在街上。危机就是两者冲撞。但是这种情况基本可以避免。无非是调整思想，这样当她出门时这些烦恼就被控制着，不流露到脸上和谈话中。可是这些词！这些词！又不是在家洗盘子时从收音机里听到的，否则还能拍打墙壁。居然是在酒吧里！在休斯酒吧！还不止呢，如果她把这些词放在一起，把它们当成不同的瘟疫病毒、没有内涵的词汇来看，忽略它们……如果她能忽略它们，那她的生活就有了新的意义，她已经好几个月，差不多一年没有这种新意义了。她常常需要这些新的意义，她可不管它们怎么产生，无论是白日的阳光，回忆起一只松鼠，或是一条笔直漫长的公路，还是一个有意味的吻。同样，在那个瞬间，她冻得发僵，被催眠般，就在前往吧台的半路上，如果停步就会被撞倒。她竭力抵抗着这种无处归属、被语言放逐的惊慌感。她必须定神考虑好下面该怎么办。

她可以继续留在那里。上一周她遇到了一个凡事置之度外的男人。他眼里流露出小小的惊讶，但看得出他自己的生活一直运气不佳。此时他邻居们的孩子都在赚大钱，可他连一辆旧车都买不起。他们一同出去散步时，他捡起一根鸟羽毛，并递给了她。这种事情不太会被忘记。如果他说他爱她，那她该怎么做？听到这种表白她总会惊讶，会感到一切不同了。如果她嫁给他，她觉得他们会在婚礼上握手。那她就能留下来，看看会发生什么。可是那个男人走进了酒吧，于是安妮·玛丽充满了懊悔，因为她望着他，突然意识到他的话是无法弥补那些新词的，这些新词汇已经让她在家乡变成了一个永远的陌生客，她之前一直太自以为是，还称此地为家园。试图对此进行解释的念头甚至比这想法本身更为糟糕。此时，在前往吧台的途中，她突然想到了自己的行李箱，心中一暖。于是她朝天举起拳头。是时候找一片新的沙漠来安放自己的心灵了。